Corinna Kraft
Memoiren einer Selbstmörderin

Bibliografische Information der Deutschen Nationalbibliothek:
Die Deutsche Nationalbibliothek verzeichnet diese Publikation in der deutschen Nationalbibliografie; detaillierte bibliografische Daten sind im Internet über http://dnb.ddb.de abrufbar.

© 2016 Christine Elisabeth Kolb
Alle Rechte vorbehalten

Layout und Mastering von Karl Ernst Horbol
Covergestaltung von Tibor Horvath

Herstellung und Verlag
BOD – Books on Demand, Norderstedt

ISBN 978-3-739249-24-7

Corinna Kraft

Memoiren
einer
Selbstmörderin

Tatsachen-Roman

Edition Vivacitas

Wenn ich nachts den Himmel voller Sterne sehe, muss ich lächeln. Ich weiß, irgendwo da oben blüht eine Rose für uns.

Zitat aus DAS STERNENGLÖCKCHEN von Karel Szesny

Die meisten Namen der in diesem Buch erwähnten Personen, Firmen und Ortschaften wurden aus rechtlichen Gründen geändert.

C. K.

Prolog

„Frau Kraft! Frau Kraft! Nicht erschrecken, wir legen jetzt einen Katheder!" Ich spüre etwas Kaltes zwischen meinen Beinen und dann gleite ich schon wieder hinüber ins Nichts. Immer öfter komme ich zu mir, nehme ein paar Dinge wahr: das Zischen des Beatmungsgerätes, das unregelmäßige Piepen meines EKGs, eine Klemme an meinem Finger und an meinem Ohr? Schließlich gelingt es mir, die Augen zu öffnen und die Erkenntnis trifft mich wie ein Schlag: Es hat auch dieses Mal nicht funktioniert!

Langsam steigen die traurigen und schockierenden Erinnerungen in mir hoch. Das letzte Telefonat mit Georg, das Rütteln an der Badezimmertür, als ich die Überdosis Tabletten geschluckt habe, der Sanitäter, an dessen Brust ich bitterlich geweint habe. Jetzt liege ich hier, in der Herzüberwachung und weiß nicht, ob ich mich freuen oder weinen soll, dass ich noch zu den Erdenbürgern zähle. Eine gute Bekannte, sie ist Stockmädchen dort, steht plötzlich am Bett und meint kopfschüttelnd: „Das ist der doch gar nicht wert. Ich habe mich sowieso gewundert, dass eure Beziehung so lange gedauert hat. Georg steht doch mehr auf vollbusige und trinkfeste Blondinen – du bist das komplette Gegenteil. Das war nur eine Frage der Zeit." Im Klartext: Ich habe demnach kein einziges Kriterium für eine erfolgreiche Beziehung mit Georg erfüllt, vollkommen versagt.

Einige Stunden später befinde ich mich im Krankenwagen und werde ins Landeskrankenhaus in die Psychiatrie überstellt. Einen Großteil der Pfleger dort kenne ich noch vom letzten Mal. Ganz benommen beantworte ich die Fragen des diensthabenden Arztes und bin überrascht, dass er sich normal mit mir unterhält, mich ernst nimmt. Nachdem ich mich kaum alleine auf den Beinen halten kann, falle ich ins Bett und dämmere vor mich hin, bis meine Mutter an meinem Bett steht. Sie fragt nach dem Grund und darauf folgt eine Schimpftirade übelster Art. „Komm doch zurück zu den Zeugen Jehovas. Bereue und komm zurück. Dort hast du die beste Therapie!" „Mama, ich werde ganz bestimmt nicht mehr in die Reihen der Zeugen Jehovas zurückkehren. Akzeptiere das endlich!" Tiefste Enttäuschung über die Reaktion überkommt mich. Warum umarmt sie mich nicht einfach und sagt, dass sie mich liebt? Es tut unheimlich weh, zu wissen, dass die Zugehörigkeit zu dieser Religionsgruppe vor allem steht. Und dann nochmals sie: „Ich weiß, dass du zurückkommst. Tief drinnen weißt du, dass das die Wahrheit ist und du wirst zurückkommen." Ich würde das die perfekte und totale Manipulation nennen. Mama kann mit dieser Situation überhaupt nicht umgehen, ist völlig hilflos und geht auch bald wieder. Mehr gibt es im Moment nicht zu sagen.

Nach einer unruhigen und wirren Nacht kommen meine Mutter und Margit, eine meiner Schwestern, zu Besuch. „Du siehst eigentlich gut aus; ich habe erwartet, dass du in einem benebelten Zustand bist. Also, Georg ist fremdgegangen? Ist er bei dir in Sachen Sex nicht auf seine Rechnung gekommen?" – Tolle Haltung für eine Schwester! Wie immer, Rückschlüsse, die jeder Grundlage entbehren. „Nein, ich hätte ein aktiveres Sexualleben begrüßt" – meine Antwort löst bei ihnen blankes Entsetzen aus. Ihren geringschätzenden Blicken kann ich entnehmen, welch minderwertigen Status ich einnehme, nämlich den einer Ausgeschlossenen, die in ihrem ausschweifenden und sündigen Lebensstil schwelgt. Mit weiteren Besuchen ist nicht mehr zu rechnen. An diesem Punkt ist mir eines ganz klar: Ich habe keine Stammfamilie mehr.

I. Meine Welt

Corinna Kraft

*Das soll ein wenig Aufschluss geben
auf eine andere Seite in meinem Leben:*

*Ich war gerade Mal vier Jahre alt
als es unseren Besitz zu verfechten galt.
Da hab' ich einem ungebetenen Gast
eine Dusche mit dem Wasserschlauch verpasst.*

*Mit fünf Jahren durfte die Nachbarin erfahren,
sie könne sich jede Müh ab jetzt ersparen,
denn wenn sie keine „Zeugin" sei,
sei ihr Leben eh schon bald vorbei.*

*Am liebsten aß ich Brot in der Pause,
Brot zwischendurch und Brot zur Jause.
Einfach nur Brot, aber in allen Arten,
da konnte jeder Kuchen lange warten.*

*Als Getränk war Apfelsaft mein Favorit,
da ging fast täglich eine Flasche mit.
Um das Depot und meinen Ruf aufzubessern,
musste ich die halbleeren Flaschen verwässern.
Im Wald befand sich der Jägerstand
in dem ich immer Zuflucht fand,
wenn mich irgendetwas drückte
oder gar nichts mehr wirklich glückte.*

*Der Kindergarten war etwas, das ich hasste
und des Öfteren den Entschluss fasste:
„Ich geh da heut ganz bestimmt nicht rein,
eine Ausrede für daheim fällt mir schon ein."*

*Jürgen und ich waren in der Kindergartenzeit
das schönste Pärchen weit und breit:
Er, in Lederhose und mit Jägerhut,
passte zu mir im smarten Dirndl ziemlich gut.*

*Der Schulanfang war nicht grad der Hit,
ich ging nämlich mit der falschen Klasse mit.
Mein Lehrer machte diesem Irrtum ein Ende
Und ich küsste ihm dankbar dafür die Hände.*

*In der 3. Klasse lernten wir von verschiedenen Welten,
darunter auch einiges über das Volk der Kelten.
Das waren Menschen, etwas klein, aber mit Rasse
und ich wär' das beste Beispiel von allen aus der Klasse.*

*Oft durfte ich ein Lied vorsingen,
das brachte mein Herz zum Klingen.
Die Lieder lernte ich von meinen Schwestern,
es ist, als war es erst grad gestern.*

*Beim englischen Theater mitzumachen
war für mich eine der schönsten Sachen.
Ich fühlte mich vom Lehrer sehr geehrt,
dem war ich sogar die Hauptrolle wert.
Dieser Lehrer unterrichtete die 2. Leistungsgruppe,
wollte mich aufstufen, ich versalzte ihm die Suppe!
So wurde eine Schularbeit doch glatt einmal versaut,
damit mich der Lieblingslehrer nicht aus der Gruppe haut.*

*Ein Nachbarsjunge wurde von mir zum Trinken verführt.
Ich wollte wissen, was er tut, wenn er es spürt.
Er hatte über sich fast keine Kontrolle
Und seine Eltern waren total von der Rolle.*

*Auch den religiösen Ansprüchen wollte ich genügen
und gönnte mir im Haus-zu-Haus-Dienst das Vergnügen,
den Leuten einen „passenden" Bibeltext aufzudrücken,
um mich dann aber schleunigst zu verdrücken.*

*Mit süßen 13 Jahren durfte ich über Jungs was erfahren.
Ich bekam von Christoph meinen ersten Kuss,
dann war mit meinem Interesse aber Schluss.*

*Die Betriebsküche in der HLA war mir das Letzte,
so das mir diese Gram immer so zusetzte,
dass die Lehrerin mich sofort nach Hause schickte,
sobald sie mein blasses Angesicht erblickte.*

*Nach dem letzten Schuljahr lernte ich Ralph kennen,
der fing nach einer Irrfahrt an,
sich selber „Hirsch" zu nennen.
„Was macht die Polizei denn hier", hat er gefragt –
„die geht auf Hirschjagd", hab' ich prompt gesagt.*

*Leider war diese Bekanntschaft nicht von Dauer
Und ich war darüber ganz schön sauer.
Na ja, andre Mütter haben auch tolle Söhne,
das war zu dieser Zeit für mich das Schöne.*

*An meinem 22. Geburtstag war ich in Griechenland,
dort erlebte ich wirklich allerhand.
Das erste Mal in meinem „langen" Leben
trank ich zu viel und musste alles wieder
von mir geben.*

*Bis zu meiner Heirat im 23. Lebensjahr
Verlief fast alles ganz wunderbar.
Dann kam die große Wende…
Mit der ich hier aber ende…*

Am 12. Juni 1966 in Bludenz erblickte ich als siebtes Kind das Licht der Welt. Meine Mutter erzählt heute noch gern die Story, als sie mich das erste Mal sah. Bei meinem Anblick hörte und spürte sie, wie ihr Herz zum Klingen kam und sie verliebte sich sofort in mich. Dieses besondere Verhältnis zu meiner Mutter war mir das Wichtigste und ich hütete bzw. pflegte es wie einen kostbaren Schatz. Mein Vater nahm eigentlich lange Zeit nur eine nebensächliche Rolle ein. Laut den Aussagen meiner Mutter hätte er die Vaterschaft bei mir angezweifelt und meine Mutter belegte ihn insofern mit einem „Fluch", dass das Kind (also ich) ihn eine Zeit lang abweisen sollte. Und das hat sich angeblich erfüllt: mein Vater konnte sich mir ein volles Jahr nicht nähern, ohne dass ich lauthals zu schreien anfing.

An Vieles kann ich mich gar nicht mehr erinnern, ich weiß nur, dass ich immer irgendwie der „Mitläufer" war. Eigentlich wurde ich von keinem Familienangehörigen so richtig wahrgenommen. Meine beiden Schwestern, eineiige Zwillinge, schlossen mich aus ihrer trauten Zweisamkeit aus, ließen mich links liegen und versteckten sich bei jeder Gelegenheit vor mir. Am meisten habe ich mit David, meinem jüngsten Bruder, unternommen. Aber leider lag ihm das Puppen spielen nicht wirklich und ich verbrachte sehr viel Zeit alleine. Freundinnen hatte ich keine, denn „Fremde" waren zu Hause nicht gerne gesehen und an jedem gab es etwas auszusetzen. So baute ich mir meine eigene kleine Welt auf und gründete mit meinen Nachbarn eine Bande, bei der ich das einzige Mädchen war. Was wir alles zusammen angestellt haben, erwähne ich besser nicht, das ist nicht zur Nachahmung bestimmt. Aber zu Hause war ich immer das brave und folgsame Kind.

Im zarten Alter von ca. 4 Jahren durfte ich erfahren, wie sich „Desinteresse" anfühlt. Beim Indianerspielen fiel ich auf den Hinterkopf und hatte eine Gehirnerschütterung. Meine räumliche Wahrnehmung geriet total durcheinander und ich hatte starke Kopfschmerzen. Also klagte ich meiner Mutter mein Leid, die gerade beim Nähen war. „Ich komme gleich. Leg dich inzwischen ins Wohnzimmer." Das Gleich zog sich ziemlich lange hin, bis ich ihr wieder etwas vorjammerte. Mein Bruder machte gerade Hausaufgaben im Wohnzimmer und fühlte sich durch mein schmerzvolles Stöhnen sehr gestört. Hätte er sich nicht lauthals über mich beschwert, hätte meine Mutter mich sicher vergessen. So zog sie dann doch noch den Hausarzt hinzu, der besagte Gehirnerschütterung diagnostizierte. Wie sehr hätte ich mich nach den tröstenden Armen meiner Mama gesehnt! Mir wurden Tröpfchen verabreicht, ich wurde ins Bett gesteckt – Sache erledigt. Einfach nur bitter!

Der Kindergartenzeit konnte ich absolut nichts Schönes abgewinnen, fühlte mich total fehl am Platz und habe oft geschwänzt. Dort wurden mir ganz fremde Themen abgehandelt, von denen ich nie etwas gehört hatte, wie zum Beispiel „Putztag". Ich konnte mit diesem Begriff nichts anfangen und behauptete sturheil, dass bei den Zeugen Jehovas so etwas nicht existierte. Außerdem schickte mich meine Mutter öfters im Minikleidchen in den Kindergarten – sie fand mich ja so süß darin, aber ich schämte mich so damit, dass ich die ganze Zeit an einer Wand stand. Niemand sollte mir unter mein Röckchen sehen können und wenn ich an der Wand verharrte, konnte mir auch kein Missgeschick in der Richtung passieren. Die Kindergartentante musste des Öfteren meine Mutter darauf hinweisen, mich nicht so eitel zu erziehen, denn ich würde ständig erzählen, dass ich ein gelbes, ein blaues, ein grünes und ein rotes Kleid bekäme. Was diese Zeit noch so bemerkenswert macht, ist, dass erstmals ein Foto von mir gemacht wurde, schließlich existiert kein einziges Babyfoto.

Darauf folgte die Volksschulzeit, die schon schlimm für mich anfing. Am ersten Schultag stand ich wie verloren, ganz allein auf dem großen Schulplatz. Ich fühlte mich wie ein kleines, schwarzes und frisch geschlüpftes Vögelchen, alleingelassen. Es wurden so viele Mitschüler zumindest von einem Elternteil begleitet, ich war jedoch auf mich allein gestellt, dabei hatte ich ja solche Angst. Kein einziges Kind aus der Klasse war mir bekannt, was wahrscheinlich auch der Grund dafür war, dass ich am zweiten Tag mit der falschen Klasse mitgelaufen bin. Mein Klassenlehrer errettete mich aus meiner Not, worauf ich ihm vor lauter Dankbarkeit die Hand küsste und ich seine Lieblingsschülerin geworden bin. Eine Mitschülerin schien sich sehr daran zu stoßen und sah in mir die ganzen vier Jahre starke Konkurrenz. Sie ließ keine Gelegenheit aus, mich zu verletzen oder mir eins auszuwischen. Einen großen Erfolg konnte sie verzeichnen, als sie mit größter Schadenfreude meinte, ich hätte an Gewicht zugenommen. Ich glaube, es würde ihre Freude drastisch steigern, wenn sie wüsste, dass ich mich ab diesem Zeitpunkt bis heute immer zu dick gefühlt habe.

Eine für mich ganz schlimme und unvergessliche Sache fand im Alter von ca. acht Jahren statt. Aus mir undefinierbaren Gründen hatte ich unheimliche Angst vor dem Tod und vor allem, was damit im Zusammenhang stand. Genau zu der Zeit, starben alle meine Haustiere, mein Nachbar starb und sobald ich ein Buch aufschlug, bekam ich eine Abhandlung über Krankheit und Tod zu sehen. Ich litt schon fast unter

Panikattacken und zog mich in mein Zimmer zurück – keinem ist etwas aufgefallen, keiner hat etwas von meiner Not bemerkt. Dieses Erlebnis wiederholte sich noch einmal mit der gleichen Reaktion meines Umfelds.

Natürlich kamen meine Eltern ihren religiösen Pflichten nach und unterwiesen uns anhand der Bibel. Mein Vater führte ein Bibelstudium mit den Jungs und meine Mutter mit uns Mädchen durch. Auf meine Fragen, wann denn endlich Gottes Krieg stattfinden würde und was der Sinn des Lebens sei, bekam ich nie zufrieden stellende Antworten. Ich wollte Daten, Fakten, etwas, wonach ich mich ausrichten konnte, bekam aber keine – deswegen sind mir wahrscheinlich verwaschene, unklare Aussagen heute noch ein Gräuel. Ich traue mich zu behaupten, dass keiner in unserer Familie sich so für die Religion ereiferte wie ich. Gewissermaßen war ich die treibende Kraft: Ich bereitete mich zu jeder Zusammenkunft vor, übertrug viele Bibeltexte in ein Heft (ich hätte bei „Wetten-dass" sicher einen Preis gewonnen, so viele Texte konnte ich auswendig), ging monatlich durchschnittlich acht Stunden von Haus zu Haus und strebte als erster die Taufe als Zeuge Jehovas an. Komischerweise wurde ich als Letzte aus der Familie zur Taufe zugelassen, d.h. ein Jahr nach den anderen.

Es mutet eigenartig an, aber anscheinend bot der Glaube meinem Vater zu wenig Kraft. Wie oft gab es Streitereien wegen meines Bruders David. Er war der Prügelknabe schlechthin. An eine Situation kann ich mich heute noch sehr gut erinnern, diese Bilder drängen sich mir des Öfteren auf: Mein Vater sollte neben seiner Arbeit noch kiloweise bestelltes Teegebäck backen und war schlichtweg überfordert. David liebte jede Art Geschosse, also Böller, Kracher und Raketen. Einmal wurde es Papa doch zu bunt und er schien, meiner Meinung nach, durchzudrehen. Plötzlich holte er ein Luftgewehr und schrie: „Jetzt erschieß ich ihn!". Ich hatte solche Angst um David. In der Panik habe ich nur noch die Eingangstür mit voller Kraft zugedrückt, dabei den Gewehrlauf eingeklemmt und geschrien. Bei mehreren solchen Vorfällen habe ich mich für meinen Bruder eingesetzt. Meine Achtung vor meinem Vater hat sich seitdem sehr dezimiert. Die ständige Spannung zwischen den beiden zehrte sehr an mir, ich hatte kein Vertrauen mehr in ein funktionierendes, harmonisches Familienleben.

Da gab es noch ein älteres Ehepärchen, das meinen Eltern bei der Betreuung von uns Kindern unter die Arme griff, Marita und Gerson. Vor Gerson hatte ich immer Angst, mit ihm stimmte etwas nicht, denn er machte so komische Spiele mit Puppen. Umso mehr hasste ich es, wenn er uns Mädchen begleiten sollte, wenn wir mal auf's WC mussten. Er bestand darauf, dass die WC-Türe offen blieb.

Ich verstehe meine Mutter nicht, dass sie das zugelassen hat, obwohl sie über seine „Spiele" Bescheid wusste. Vielleicht besteht da ein Zusammenhang zum Thema meiner Puppenspiele: es ging dabei ständig um sexuelle Übergriffe. Ob sich je etwas in der Richtung zugetragen hat, weiß ich nicht und möchte ich an dieser Stelle auch nicht behaupten.

Schönheit, Figur also das Aussehen waren und sind das zentrale Thema in dieser Familie. Jeder wurde über sein Aussehen definiert und es war ganz wichtig, dass man im neuen Kleide und schick gestylt an den Kongressen der ZJ teilnahm. Eine Aussage meiner Mutter diesbezüglich hat sich in mein Gedächtnis eingebrannt: „Gott sei Dank trägt man bei den Kongressen Kleider, da sieht man deinen fetten Arsch nicht!" – begleitet mit einem höhnischen Lachen, das ich heute noch im Ohr habe. Ich fühlte mich bloßgestellt, verachtet und auf meinen Arsch reduziert.

Als Person mit seinen Wünschen, Träumen und Fähigkeiten wurde ich nicht gesehen, nur das Äußere war relevant. Wie hätte ich mich über ein ehrliches Interesse an mir als Tochter gefreut, eben über die Frage: „Wie geht es dir wirklich?"

Natürlich haben wir auch schöne Zeiten miteinander erlebt, die ich nicht missen möchte, wie zum Beispiel das ausgedehnte, sonntägliche Frühstück zusammen mit meiner Mama. Erst als sie den Tisch mit frisch gebackenen Croissants und Kaffee gedeckt hatte, weckte sie mich mit einem Kuss. Die Extraportion an Aufmerksamkeit sog ich auf wie ein Schwamm, war Balsam auf meiner Seele. Auch unsere Stadtausflüge sind ein Teil meiner bleibenden Erinnerungen. Welch ein Genuss, mit meiner Mama auf einer Bank zu sitzen, Eis zu schlecken und die Menschen zu beobachten. Wenn es ums Abnehmen oder um die Schönheit ging, konnte ich immer mit ihrer vollsten Unterstützung rechnen. Das war ihre Art, mir ihre Zuneigung und ihr Interesse zu zeigen – leider hätte ich etwas mehr gebraucht, denn es stellte sich ein Gefühl der inneren Leere ein.

Aus all diesen Situationen mit Zuckerbrot und Peitsche hat sich die Verfassung nachfolgender Briefe als sehr hilfreiche „Therapieform" ergeben. Selbstverständlich erreichten diese Briefe niemals die Adressaten, es hätte sie zu sehr verletzt, was nicht in meiner Absicht steht.

Hallo Papa,

auf diesem Wege möchte ich mich auch an dich wenden, um gewisse Dinge los zu werden.

In meinen Träumen sah ich immer einen Vater, der stark war und sich für seine Familie eingesetzt hat. Der Entscheidungen treffen konnte und einfach mit beiden Beinen im Leben stand. - Im Traumland ist der Vater auch geblieben.

Es wäre so schön gewesen, wenn ich mich an dich kuscheln hätte können, um mich in deinen Armen geborgen und von der ganzen bedrohlichen Welt beschützt zu fühlen. Leider hat sich unser „Körperkontakt" auf das Rangeln beschränkt. Das heißt aber nicht, dass ich es nicht genossen habe.

Respekt vor dir konnte ich lange nicht aufbringen. Du hast in deiner Freizeit nur geschlafen und dich für nichts wirklich aktiv interessiert. Die Kämpfe mit David haben mich stark mitgenommen. Nach jedem Streit hatte ich riesige Angst und habe gezittert wie Espenlaub. Einmal hat Mama sich doch tatsächlich angemacht, vor lauter streiten und schreien. Dieses Bild trage ich heute noch mit mir rum.

So habe ich mich von dir verlassen gefühlt. Mama war ständig mit irgendetwas beschäftigt und du warst irgendwie nicht da. Hab dich einfach nicht gesehen, wahrgenommen oder gespürt. – Das hat sich aber seit meiner Heirat sehr geändert. Ich fühle mich sehr mit dir verbunden. Es ist schön, mit dir zusammen zu arbeiten, denn du bemängelst nichts, genießt die Zeit zusammen. Schade nur, dass Lob, Zweifel und Fragen immer über Mama laufen mussten. Wie gerne hätte ich deine Meinung, Sorgen und Bedenken von dir persönlich gehört. So hätte ich dir endlich den Respekt entgegenbringen können, der einem Vater gebührt.

Alles in einem bin ich sehr traurig, dass wir die Zeit nicht genutzt haben. So bin ich nie in den Schutz und Geborgenheit väterlicher Arme gekommen, was eigentlich selbstverständlich sein sollte. Schade, ich hätte dich gebraucht, um mich bei dir auszuweinen, meinen Liebeskummer zu verarbeiten und um die Männerwelt ein wenig zu verstehen. Offene Gespräche über Gefühle, Ängste, Zukunftspläne und Wünsche sind bei dir ein Ding der Unmöglichkeit – das macht eine Familie aus. Wir sind keine Familie. Jeder wird nach seiner Leistung und Aussehen gewertet. Der Mensch an sich ist uninteressant.

Hättest du doch einmal als richtiger Mann und Vater auf den Tisch gehauen und endlich deine Position in der Familie eingenommen. Nichts! Du bist für mich nur ein einsamer, schwacher Mann vor dem ich als Vaterfigur nichts erwarten konnte und jetzt nichts mehr erwarte, auch wenn gewisse Ansätze jetzt da wären. Es ist aber zu spät. Einsamkeit, Traurigkeit und Verlassenheit sind meine ständigen Begleiter, die es mir unmöglich machen, das Leben zu genießen oder jemandem zu vertrauen.

Corinna

Meine Mama,

zu gerne möchte ich wissen, warum meine Kindheit in solchen Bahnen verlaufen musste. Als siebtes Kind hab' ich mich ganz schön übrig, fehl am Platz gefühlt.

Ständig war ich der Mitläufer, war halt da. Was ich zu sagen bzw. was ich gefühlt habe, hat dich niemals wirklich interessiert. Du hast mir immer wieder die Story meiner Geburt erzählt, was das einzig Positive an meinem Dasein zu sein scheint. Existierten da wirklich nicht mehr Gefühle für mich?

Ständig war ich allein, fühlte mich verlassen. Schulfreunde waren nicht willkommen und wurden höchstens nach ihrem Aussehen bewertet. Es hat dich einfach nicht interessiert, dass ich jemanden gebraucht hätte, der mich so liebt wie ich bin und mich überhaupt sieht.

Du hast nur gesehen, dass ich zugenommen oder abgenommen habe oder bemerkt, dass ich eine schlechte Note geschrieben habe. Doch niemals ist die Frage gekommen: Wie geht es dir? Hast mich nie längere Zeit in die Arme genommen und mir Geborgenheit gegeben. Dabei wäre mir das als dein Kind zugestanden! Dass es absolut kein Babyfoto von mir gibt, spricht wohl für sich! Ich war halt uninteressant – beim 7. Kind gibt es nichts mehr Neues zu erleben.

Dass ich aber ein Individuum, also einzigartig, wie jedes deiner Kinder war, war nicht relevant. Ja klar, ich hatte doch immer genügend zu essen, zu spielen und zu trinken. Meine körperlichen Bedürfnisse waren ja gedeckt. Genau, nur Zuwendung hat mir gefehlt. Nur! Du hast ja keine Ahnung wie weh mir das heute noch tut und wie schwer es ist, damit fertig zu werden. Nähe und Zuwendung machen mir Angst, wecken das Gefühl, das gar nicht verdient zu haben. Das ist schrecklich! Ich kann mit der Essenz des Lebens nicht umgehen, wirkliche Liebe ist für mich kaum ertragbar und wird immer in Zweifel gezogen. Hast du toll hingekriegt. Als kleine Nebenerscheinung ist das Gefühl, stets am falschen Platz zu sein, allgegenwärtig. Ständig bin ich in irgendeiner Weise gehetzt, muss gleich wieder weiter, weil ich sonst belastend oder übrig sein könnte. Das ist ein Leben ohne Halt und zermürbt. Als Folge scheint mir das Leben einfach nicht mehr lebenswert, diese ständige Getriebenheit zehrt an meiner Kraft. Dann sehe ich nur noch den Tod als Ausweg. Der ständige Kampf und das Betteln um Liebe (bedingungslose Liebe) ist irgendwann einmal zu viel.

Ich schließ jetzt damit ab. Fakt ist, dass du mir nicht das gegeben hast, was mir zugestanden hätte. Meine Traurigkeit und meine Art rühren von diesem Mangel her und liegen nicht an mir, sondern an deinem Versäumnis.

Corinna

Auf alle Fälle möchte ich meinem Vater seine überraschend positive Reaktion zu Gute halten, als ich das Auto meiner Mutter zu Schrott gefahren habe. Ich saß zitternd in meinem Zimmer und wartete auf die berechtigte Rüge durch meinen Vater. Aber er betrat das Zimmer, strich über mein Haar und sagte in sanftem Ton: „Gott sei Dank ist dir bei diesem Unfall nichts passiert, Mäderl." Mir stehen heute noch die Tränen in den Augen, wenn ich daran denke.

Bezüglich der Wahl meines Ehepartners versuchte mein Papa mich bei einem persönlichen Gespräch umzustimmen, was mich unheimlich verwunderte, da Papa sich nie mit mir über ernsthafte Themen unterhalten hat. Obwohl meine Partnerwahl nicht den Wünschen meiner Eltern entsprach, ließen sie mir genau dasselbe wie allen anderen auch zu Teil werden: Mama legte eine schöne Feier aus und Papa zauberte eine 5-stöckige Hochzeitstorte.

So wurde ich denn im Alter von 22 Jahren in die Obhut meines Ehemannes entlassen - aber das ist ein anderes Kapitel.

II. Die Annäherung

Hans-Karl und ich lernten uns über die Arbeit kennen. Wir waren beide bei derselben Firma tätig, er als Abteilungsleiter und ich als Exportsachbearbeiterin. Von allen Seiten wurde ich vor ihm gewarnt, er sei ein Weiberheld usw. und als ich ihn sah, stellte sich mir die Frage, was die Frauen wohl an ihm so toll fänden?

Als ich ihm vorgestellt wurde, wollte er gleich meine Englischkenntnisse testen und ich sollte in seiner Anwesenheit einen Vertriebspartner im Ausland anrufen. Hans-Karl drückte mir einen Zettel mit der Nummer in die Hand und stellte das Telefon vor mich hin. Na ja, ich wählte einfach und sobald sich jemand meldete, fing ich an Englisch zu sprechen, aber das Gespräch wurde sofort abgebrochen. Er meinte, das sei typisch für diesen Vertriebspartner, er würde es später selber nochmals versuchen, aber meine Sprachkenntnisse seien sehr beeindruckend. – Bis heute weiß er nicht, dass ich irrtümlicherweise eine interne Nummer gewählt und einen ausländischen Mitarbeiter an der Strippe hatte, der absolut kein Wort verstand und schimpfend auflegte.

Auf alle Fälle musste ich eng mit seiner Abteilung zusammenarbeiten, was Hans-Karl weidlich ausnutzte und mich sehr oft im Büro aufsuchte. Auch einige Sitzungen mussten wir gemeinsam bestreiten, wo er sehr großen Eindruck auf mich gemacht hat. Er war bei einer verbalen Auseinandersetzung ganz für seine Mitarbeiter eingestanden, hatte sie verteidigt und sich vor sie gestellt. Ich dachte mir: „Wow, wenn der sich so für seine Mitarbeiter einsetzt, wie wird der erst für seine Frau einstehen?" Er wurde mir immer sympathischer.

Wir lernten uns bei Firma internen Sportveranstaltungen näher kennen und gingen öfters zusammen etwas trinken. So ergab es sich, dass wir uns ineinander verliebten. Er sprach ziemlich gleich von Hochzeit, obwohl er schon eine gescheiterte Ehe hinter sich hatte. Was mir damals schon zu denken gab, war eine ernsthaft gemeinte Aussage: Stell dir mal unsere Kinder vor, mit deinem Aussehen und meiner Intelligenz. – War das eine versteckte Andeutung, dass er mich zwar für schön, aber für dumm hielt?

Der Hochzeitstermin wurde anberaumt und es sollten die Vorstellungs- und Einladungsbesuche bei meinen Verwandten folgen, was dadurch erschwert wurde, dass er kein Zeuge Jehovas war. Dementsprechend liefen auch diese

Besuche ab, eine unterschwellige Ablehnung war ständig zu spüren und manchmal entstand eine peinliche Stille. Sogar zu einem Gespräch mit einem Ältesten von den Zeugen Jehovas war Hans-Karl bereit, das leider nicht die erwünschte Wirkung zeigte – damit wurde Hans-Karls Ablehnung gegen die Zeugen Jehovas gesteigert. Er äußerte sich aber nie offen dazu, war der Meinung, er würde mich mit den richtigen Maßnahmen schon noch zu Recht biegen (z.B. durch Liebesentzug).

Danach war Inventur im Unternehmen angesagt. Ich wollte Hans-Karl eine Freude bereiten und putzte seine Wohnung in der Zeit. Wir vereinbarten, dass ich in der Wohnung auf ihn warten sollte, er käme ganz bestimmt bald nach. Gegen Mitternacht wurde es mir zu bunt und ich fuhr zur Firma, schlich mich in die Versandabteilung. Der Anblick, der sich mir bot, warf mich schier um: Hans-Karl eng umschlungen mit einer Mitarbeiterin vom Versand. Ich knallte ihm den Wohnungsschlüssel hin und ließ die beiden wortlos stehen. Dummerweise rief ich ihn später zu Hause an, doch er hatte dazu nichts zu sagen. Seine Mutter teilte mir mit, dass er an diesem Abend von zwei Damen in seine Wohnung begleitet wurde. – Wenn das kein Zeichen war!

Dennoch blieb mir damals wegen meiner religiösen Überzeugung keine andere Wahl, als ihn zu heiraten. Schließlich hatten wir schon miteinander geschlafen und ich habe mir geschworen, dass ich nur mit meinem Mann Sex haben würde. Mit dem schlechten Gewissen kam ich kaum klar und eine Heirat schien mir die beste und einzige Lösung zu sein. Übrigens, er war mein erster Mann.

III. Nach der Hochzeit

Plötzlich war alles anders, als ob man einen Knopf gedrückt hätte. Hans Karl verbrachte seine Mittagspause drei Tage nach der Hochzeit im Büro einer Arbeitskollegin, ließ sich in meinem Büro kaum mehr sehen. Als wir uns zufällig am Drucker trafen, meinte er: „Ach, kannst du nicht mit einer Kollegin nach Hause fahren, ich geh' nachher noch was trinken." Ich war dermaßen perplex, dass ich kein Wort herausbekam und nur stumm nickte.

Nun lernte ich das wahre Gesicht meines Göttergatten kennen und musste feststellen, dass er dem Alkohol sehr zugetan war. Mindestens drei Mal pro Woche hatte er einen sitzen und dann durfte ich Vorhaltungen bzw. Bemerkungen übelster Art über mich ergehen lassen, z.B. die Ältesten der Zeugen Jehovas sind Arschlöcher, deine Familie sind ganz falsche Leute, Scheinheilige und du bist ja so gescheit – wann denkst du mal nach? Er verletzte mich zutiefst und merkte es nicht Mal, da er am nächsten Morgen nach seinem Alkoholkonsum schon wieder alles vergessen hatte.

In der Hochzeitsnacht wurde ich mit unserem ersten Kind schwanger. Ich war überwältigt und hatte gleichzeitig große Angst. Dennoch genoss ich jede Sekunde der Schwangerschaft. Mein Baby das erste Mal via Ultraschall zu sehen, war eines meiner schönsten Erlebnisse in meinem ganzen Leben. „Der Vater des Kindes kann bei der nächsten Ultraschall-Untersuchung gerne dabei sein, denn in dieser Schwangerschaftswoche sieht man alles am besten", meinte der Arzt lächelnd. Voller Begeisterung erzählte ich meinem Mann davon, aber dem war die Grillparty mit seinen Mitarbeitern wichtiger. Wichtiger als sein eigenes Kind!

Wenn mich jemand gefragt hätte, wann mein Mann abends nach Hause käme, ich hätte glatt lügen müssen. Das wusste ich doch nie! Sein Stammlokal befand sich gegenüber der Firma und daran konnte er nicht einfach vorbeigehen. So verbrachte ich einsame Abende und Nächte. Ich erinnere mich noch genau daran, als ich um elf Uhr nachts auf einer Schaukel vor dem Kindergarten im Regen saß und vor mich hin weinte. Diese Ehe war die größte Enttäuschung für mich und ich konnte mich niemandem anvertrauen, schließlich hatte ich mich entgegen aller Ratschläge dafür entschieden. Zudem plagten mich Albträume wegen meines sündigen Verhaltens, ich musste das klarstellen. Also ging ich zu den Versammlungsältesten der ZJ, gestand, dass ich vorehelichen Sex hatte und ich das klären wolle. Sie waren wirklich nett zu mir, rechneten mir meine Ehrlichkeit hoch an. Sie meinten, ich solle niemanden davon erzählen, dann müsste ich auch nicht öffentlich zu Recht gewiesen werden. Natürlich dürfte ich mich ein halbes Jahr lang als Zuchtmaßnahme nicht an den Zusammenkünften beteiligen und auch nicht am Predigtwerk teilnehmen. – Als Hans-Karl davon erfuhr, war Feuer am Dach, er schimpfte mich Verräterin, dass er mich mit Liebesentzug strafen würde und dass er dieses Kind gar nie gewollte hätte. Er hatte absolut kein Verständnis für mich. Ich dachte allen Ernstes schon an Trennung oder an Davonlaufen.

Wenigstens stand unser Vorgesetzter der Firma voll hinter mir. Ich weigerte mich einmal, die Lieferpapiere neu anzufertigen, der Disponent wollte noch Einiges verschicken, aber es blieb keine Zeit mehr, der Spediteur stand schon vor der Türe. Sogar Hans-Karl fiel mir in den Rücken, sagte, ich sei absolut unflexibel und hätte das zu bewerkstelligen. Der

Chef rief mich in sein Büro und verkündete: „Die Papiere werden nicht neu erstellt. In ihrem Zustand ist so ein Stress unzumutbar und wenn ihr Mann sich bei mir über sie beklagen will, lasse ich ihn hochkantig hinausschmeißen." – Das war ein gutes Gefühl, nicht ganz allein auf weiter Flur zu stehen, obwohl der Haussegen wieder einmal schief hing.

Bei der Geburt war Hans-Karl dabei, was uns einander näherbrachte, bis die Frage bezüglich Taufe zur Debatte stand. Ich konnte mich doch tatsächlich einmal durchsetzen, unser Kind sollte einmal selbst über seine Religionszugehörigkeit entscheiden. Das beinhaltete aber auch den Wermutstropfen, dass ich mein Kind niemals in die Zusammenkünfte der Zeugen Jehovas mitnehmen durfte. So war ich von Hans-Karl insofern abhängig, dass ich erst zu den Zusammenkünften gehen konnte, wenn er nach Hause kam, um auf unsere Tochter aufzupassen.

So gingen die Jahre in gewohntem Ablauf bis zur Geburt unseres Sohnes vorüber: Ich ging in der Hausarbeit und Kinderpflege auf. Zudem hatte ich noch eine Nebenbeschäftigung, schließlich musste ich mich Großteils finanziell selbst versorgen. Wir hatten immer getrennte Konten und die Familienbeihilfe lief auf das Konto meines Mannes. Mit dem Karenzgeld musste ich meine Ansprüche selbst abdecken (Tanken, Versicherungen, Frisör, Bekleidung, Arztbesuche, Hygieneartikel). Sobald mein Anspruch auf Karenzgeld erlosch, hatte ich meine Versicherungen usw. zu kündigen, denn er würde sicher nicht für meine Belange aufkommen. Er ließ sich dann doch noch herab und gestand mir ÖES 2.000,00 monatlich als Taschengeld zu. Es ist aber noch anzumerken, dass ich den Großteil der Kinderbekleidung selbst genäht und den Stoff bzw. das Zubehör dazu finanziert habe.

IV. Das Eheleben

Zur Zeit des Geburtstermins unseres zweiten Kindes nahm Hans-Karl die Gelegenheit wahr, einen Tennisurlaub im Ausland mit seinen Kollegen zu verbringen. Es war ihm schon klar, dass er wahrscheinlich gleich bei seiner Heimkehr mit mir zur Entbindung fahren würde. Schade, ich war schon ein wenig enttäuscht, dass es ihm kein Bedürfnis war, bei seiner hochschwangeren Frau und seinem Kind zu sein.

Es kam dann wirklich so. Die Geburt dauerte 34 Stunden und war sehr Kräfte raubend. Hans-Karl musste bei der Geburt tatkräftig mithelfen, durch die vorzeitige Placenta-Ablösung war Gefahr in Verzug, aber es ging alles gut. Niemals werde ich das Verhalten meines Mannes dabei vergessen, als Thomas auf der Welt war, es hat mein Herz tief berührt: Die Hebammen und der Arzt mussten sich um mich kümmern, also wurde dem stolzen Vater das Neugeborene in die Arme gelegt. Er war so fasziniert von dem kleinen Wesen, zog ein Taschentuch heraus, putzte das winzige Gesichtchen ab und flüsterte im zärtlichsten Ton: „Ja, was bist denn du für Einer? Hallo! Da wird sich Melanie aber über das Brüderchen freuen. Jetzt hat sie jemanden zum Spielen." Ein schöneres Geschenk zu diesem Anlass hätte er mir gar nicht machen können.

Die erste Zeit nach der Geburt ging an meine Reserven, alles schien mir über den Kopf zu wachsen: Wohnung putzen, Melanie zum Kinderspielplatz begleiten, Thomas stillen und Diät für Hans-Karl kochen, weil er sich zu einer Gesunden Untersuchung angemeldet hatte. Ich musste alles alleine bewerkstelligen, während „mein Pascha" auf der Couch lümmelte und sich einen Dreck um die Bedürfnisse seiner Familienangehörigen scherte. Durch chronischen Schlafmangel lagen meine Nerven brach. Die Nächte, in denen ich keine Nachtschicht schob, kann ich an einer Hand abzählen. Meine Lebensfreude dezimierte sich aufs Minimalste.

Die Teilnahme an den Zusammenkünften der Zeugen Jehovas gestaltete sich fast unmöglich, denn ich durfte nur Thomas gnädiger weise mitnehmen, solange er noch gestillt wurde. Melanie hätte zu Hause bleiben müssen und das brachte ich nicht übers Herz, zumal ihr Papa ihr nichts Außergewöhnliches als Ersatzprogramm zu bieten gedachte. Also blieb ich zu Hause und wurde von meinen Verwandten darauf angesprochen, dass ich so selten zu den Zusammenkünften käme. „Setz dich durch! Wehr dich! Nimm die Kinder einfach mit!" – das waren ihre „hilfreichen Ratschläge". Irgendwie hatten sie schon Recht, aber ich schaffte es nicht, mein Kampfgeist wich der Angst vor meinem Mann.

Als ich nach einem Jahr doch halbwegs regelmäßig zu den Versammlungen ging, wurde mein Herz immer schwerer. Die Kinder der anderen und überhaupt (scheinbar) harmonische Familien dort zu sehen, erinnerte mich immer wieder an meine unerfüllten Träume bzw. Wünsche. Es wurde mir mit Grausamkeit bewusst, dass ich im Prinzip einsam war.

Besonders die mehrtägigen Kongresse bedeuteten für mich Stress in allen nur möglichen Varianten. Sämtliche Verwandte und Bekannte waren den Kongressen in einem anderen Bundesland zugeteilt, was bedeutete, dass man sich selbst um Kost und Logis kümmern musste. Eine Teilnahme daran stand außer Frage, ich hatte seit der Hochzeit nie mehr auswärts übernachten dürfen und mein Mann entwickelte sich immer mehr zu einem erbitterten Gegner der Zeugen Jehovas. Es blieb mir nichts anderes übrig, als auf die Kongresse in der Schweiz auszuweichen, wo ich niemanden kannte, einen langen Anfahrtsweg hatte und jeden Tag hin und her fahren musste, und hatte mich noch zusätzlich um meine Kinder und die Haushalte der anderen Verreisten zu kümmern. Die Stimmung und das Verhalten von Hans-Karl waren in diesen Zeiten kälter als eisig. Was und wie ich es auch machte, es war nie wirklich richtig oder auch nur halbwegs gut. Damals zweifelte ich schon sehr an meinem Lebenssinn und fühlte mich total wertlos.

Meine angeheiratete Verwandtschaft hatte ich sehr ins Herz geschlossen, besonders meine Schwiegermutter. Kein Wunder, wir hatten einiges gemeinsam, denn sie teilte ihr Leben ja mit der älteren Ausgabe des Modells X und wir wohnten im gleichen Haus. Dennoch folgte ich den Kriegsgeschichten meines Schwiegervaters immer mit großer Aufmerksamkeit und es war schön, seine Freude zu sehen, wenn ich mir Namen und Fakten daraus merkte. – Sehr zum Leidwesen meines Mannes, der meinte, ich wäre ja so eine falsche Schlange, wollte mich auf diese Art bei seinem Vater nur einschleimen.

Papa, so nannte ich meinen Schwiegervater, bestellte einen großen Acker mit Gemüse, Erdbeeren, Johannisbeeren, Zwiebeln usw. in dessen vollen Genuss wir kamen. Das war Ware bester Qualität, die ich sehr zu schätzen wusste. Ich ging in der „Bevorratung" richtig auf, kochte verschiedene Marmeladen, braute Säfte zusammen, blanchierte jede Art von Gemüse und weckte Kompotte ein.

Als Thomas ein Jahr alt war, fing ich wieder mit dem Fitness-Training an und schrieb mich in einem Club zusammen mit meinen beiden Schwestern ein. Ich war natürlich die Chauffeurin, weil sie kein Auto zur Verfügung hatten, also musste ich neben dem Monatsbeitrag für das Training noch Benzinkosten miteinberechnen, vom zusätzlichen Zeitaufwand mal abgesehen. Auf die Idee, sich daran zu beteiligen, kamen meine Schwestern doch gar nicht, ich musste das als Ehrendienst werten. Somit kam ich ganz schön in Stress, zeitlich alles unter einen Hut zu bringen: Zuerst musste ich Melanie in den Kindergarten bringen, nachfolgend beide Schwestern im Nachbarort abholen (die nie parat waren und immer vorher noch etwas erledigen mussten) und dann ab zum Fitness-Studio, Kinder im Kinderhort abgeben, umziehen, trainieren, duschen, Kinder wieder abholen, Schwestern nach Hause bringen, Melanie abholen und kochen. Manchmal musste ich vorkochen, sonst hätte das nie geklappt. – Von meinem Abhol- und Zustelldienst bekam Hans-Karl absolut nichts mit, sonst hätte es wieder Krach gegeben, schließlich wollte er mit meiner Verwandtschaft in keinster Weise etwas zu tun haben. Er hätte mich wahrscheinlich mit Wahrheiten konfrontiert, mit denen ich mich zu diesem Zeitpunkt nicht auseinandersetzen wollte, das hätte mein vertrautes „Familienbild" zerstört.

Meine sportlichen Ambitionen waren Hans-Karl ein Dorn im Auge. Speziell das Aerobic-Outfit, das er zu erotisch fand, machte ihn rasend – steckte da Eifersucht oder reines Besitzdenken dahinter? Ich erhielt bezüglich dieser Aktivität natürlich absolut keine Unterstützung von ihm, abendliche Trainingseinheiten waren gar nicht auszudenken. Seine Aussage, er sei nicht meine Kindsmagd, traf mich sehr, schließlich sprach er doch von unseren gemeinsamen Kindern! Ich hätte seine Dienste sowieso nie in Anspruch genommen, weil ich schon wegen der Versammlungsbesuche außer Haus war, mehr wollte ich meinen Kleinen nicht zumuten.

Das Hausfrauen-Dasein mit einer Nebenbeschäftigung erfüllte mich nicht wirklich, ich wollte geistig und kreativ gefordert werden, mich weiterentwickeln. Also nahm ich an verschiedenen Kursen/Workshops teil, wie Freies Malen, Antlitz Diagnose und japanisches Heilströmen, die ich natürlich alle selber finanzierte. „Du bist so egoistisch! Anstatt einen Kurs zu absolvieren, der dir beruflich was bringt, machst du solche unnötigen Dinge. Bereite dich langsam wieder auf einen Wiedereinstieg in den Beruf vor und sieh dich nach einem Job um!" – Mit diesen Aussagen meines Mannes wurde ich wieder unsanft auf den Boden der bitteren Realität geholt. Bald darauf bot sich tatsächlich die Möglichkeit, teilzeitmäßig bei meinem letzten Arbeitgeber wieder einzusteigen. Ich griff zu, Thomas wurde im selben Jahr eingeschult, also waren die Kinder während meiner Arbeitszeit in der Schule und somit gut versorgt, wobei schulfreie Tage ein Problem darstellten, denn ich wollte meine Schwiegermama nicht zu sehr mit der Beaufsichtigung unserer Kinder belasten. Ich fiel aus allen Wolken, als Hans-Karl meinte, die Kinder seiner geschiedenen, ebenfalls berufstätigen Schwester Lia sollten doch zu den schulfreien Zeiten zu uns kommen, so wäre ihr sehr geholfen. Wir könnten ja vorkochen und alle gemeinsam essen, wenn ich von der Arbeit nach Hause käme. Dass Lia mit großen Belastungen fertig werden musste, war mir klar und ich unterstützte sie so gut ich konnte. Mir ging es hier um die Haltung meines Mannes. In seinen Augen war Lia überfordert, schließlich war sie geschieden und musste Kinder, Haushalt und Arbeit unter einen Hut bringen, zu Arztbesuchen, zum Beispiel, beide Kinder mitnehmen. Schön, wenn er sich so um sie sorgte, das Komische war nur, dass ich dasselbe zu leisten hatte, er das aber nicht anerkannte. Durch meine Fragen, wann er denn mit einem unserer Kinder zum Arzt gegangen sei und ob er wisse, wie der Staubsauger funktioniert, fühlte er sich angegriffen und legte das Thema wortlos ad acta. Dass, bzw. wie sehr Hans-Karl mich verletzte, war ihm demnach nicht bewusst. Zwei Vorfälle drängen sich mir in diesem Zusammenhang gleich auf: Thomas machte mir große Sorgen, er hatte schon zwei Tage hohes Fieber, darum nahm ich den Notfall-Ärztedienst in Anspruch. „Aber Melanie nimmst doch auch mit, oder?" Das war doch kein sonntäglicher Spaziergang! Er wäre mir eine große Unterstützung gewesen, wenn er sich in der Zwischenzeit um Melanie gekümmert hätte, dem war aber nicht so. Den nächsten Schlag versetzte er mir, als ich einen Migräneanfall hatte und vor Schmerzen weinte (er hat mich äußerst selten weinen gesehen). Platsch! Während er mir einen kalten Waschlappen auf meine Stirn klatschte, fragte er: „Aber die Kinder bringst du schon noch zu Bett, oder?" Im Klartext: Als Ehefrau und Mutter hatte ich zu funktionieren. Ich fühlte mich wertloser als Dreck.

Das Schicksal meinte es mit meiner Schwiegermama nicht gut – sie erlitt einen Schlaganfall. Dieser äußerte sich nicht, wie so oft, mit Lähmungserscheinungen, sondern mit Sprachschwierigkeiten und einer Schluckverzögerung. Sie konnte sich kaum artikulieren, hatte wohl die Worte im Kopf, aber brachte sie nicht über die Lippen und ihr Blutdruck war jenseits von Gut und Böse. Ohne sie lange zu fragen, ließ ich den Arzt kommen, der ihr eine stationäre Aufnahme ins Landeskrankenhaus ans Herz legte. Es erforderte einiges an Überzeugungsarbeit bis sie sich endlich in mein Auto setzte und sich von mir ins Krankenhaus fahren ließ. Diverse Untersuchungen bestätigten die Diagnose Schlaganfall. Dem sollten noch weitere, ca. sechs an der Zahl, folgen. Einer war ganz bezeichnend, der sich genau an Papas Geburtstag ereignete. Meine beiden Schwägerinnen waren da, verweilten in der Küche, tranken Kaffee und rauchten gemütlich, während Mama im Wohnzimmer schier verzweifelte. Ihr Anblick schockierte mich. „Ich spüre meine rechte Seite nicht mehr, kann sie kaum bewegen", erklärte sie mir mit Tränen in den Augen. Sofort kontaktiere ich den Hausarzt, der jedoch seine Ordination nicht einfach verlassen konnte und sie sofort ins Krankenhaus einweisen wollte. Mama weigerte sich strikt, hatte unbeschreibliche Angst. Der Arzt beauftragte mich, eine Spritze bei ihm zu holen und sie Mama zu setzen. Irgendwie schaffte ich es, sie zum WC zu schleppen, informierte ihre „so interessierten" Kinder, dass ihre Mama eben einen weiteren Schlaganfall erlitten hätte und auf dem WC wäre. Sie sollten sich um sie kümmern, während ich die Spritze vom Arzt holte. Ich überließ Mama dann in der Obhut ihrer Töchter, weil ich selbst auch einen Arzttermin in Deutschland hatte. Bei meiner Rückkehr, erfuhr ich, dass Mama sich doch noch ins Krankenhaus überstellen ließ. Dieser Krankenhausaufenthalt belief sich auf fünf Wochen, in denen ich sie fast täglich besuchte.

Vor ihrer Entlassung musste noch vieles organisiert werden: Gehhilfe, Betteinlagen und allgemeine Versorgung. Bei einer Familiensitzung wurde die weitere Versorgung besprochen, die ich auf alle Fälle gerne übernahm, ansonsten hätten sie Mama in ein Pflegeheim abgeschoben. Als ich Hans-Karl wegen eines Pflegebettes ansprach, riss ihm der Faden und er fing an, über das ganze Pflegesystem, die Politik und auch über meine Bemühungen zu schimpfen. Wegen meinem Einsatz für seine Mutter wurde ich in den Senkel gestellt, die Welt schien sich verkehrt herum zu drehen!

Hans-Karl war emotional überfordert, versuchte aber, sein Bestes zu geben. Wir informierten uns gemeinsam über Pflegebehelfe und organisierten einen Badelift. Am Wochenende übernahm er des Öfteren das Kochen für beide Haushalte. Wegen des Badelifts entfachte sich ein Streit zwischen Papa und mir, weil wir den, seiner Meinung nach, gar nicht brauchen würden und er würde nicht einen Groschen dazu beisteuern! Das ließ Mama und mich ziemlich kalt, sie konnte sich den Lift selber leisten. Das Baden gestaltete sich damit viel sicherer, leichter und friedlicher, vor allem waren wir nicht auf Papas Mithilfe beim Hinein- und Herausheben in die Badewanne angewiesen, er wurde dabei so schnell ungeduldig und fing an zu schreien.

Die Pflege und alles, was damit verbunden war, steigerte das Pensum meiner „Leistungsanforderungen" enorm. Meine Tage waren total ausgefüllt: morgens Kinder für die Schule fertigmachen, 3 ½ Stunden Büroarbeit, Betten der Schwiegereltern in Ordnung bringen, Mama „salonfähig" machen, Kochen, Essen den Schwiegereltern auftischen, Hausarbeit beider Haushalte, Kinder bei Hausaufgaben unterstützen, Abendessen richten, Mama fürs Bett bereitmachen und ins Bett bringen, Medikamente richten, Kinder ins Bett bringen und vorkochen. Manchmal litt Mama an Diarrhöe und schaffte es nicht mehr rechtzeitig zum WC und wir hatten die Bescherung. Papa brachte es nicht über sich, die Spuren zu beseitigen oder Mama gar zu waschen, das fiel mir zu, machte mir aber nichts aus. An den Wochenenden war Putzen, Waschen, Bügeln, Baden und Fußballturniere mit Thomas angesagt.

Wie bereits erwähnt, war mein Göttergatte dem Alkohol sehr zugetan. Es kam, wie es einmal kommen musste und man entzog ihm den Führerschein für drei Monate. Toll, nun durfte ich noch zusätzlich Taxi für meinen Mann spielen und auf Abruf bereit sein, denn nach der Arbeit zog es ihn noch öfter in sein Stammlokal. Todmüde holte ich ihn meistens zur Mitternachtsstunde von dort ab und musste jedes Wort sorgfältig überlegen, weil er bei einem gewissen Alkoholpegel aggressiv wurde.

Damit war aber noch nicht genug. Thomas' Lehrerin zitierte mich zu sich, um mir mitzuteilen, dass Thomas einen verhaltensgestörten Eindruck machen würde und ich sollte mich deswegen an den AKS (Arbeitskreis für Sozialmedizin) wenden. Nachdem die Beraterin vom AKS über die häuslichen Abläufe informiert war, bestand sie auf ein Gespräch mit dem Vater des Kindes. Hätte ich dem bloß nichts davon erzählt, er beschimpfte mich aufs Gröbste. „Du bist doch die Einzige hier, die verhaltensgestört ist. Thomas ist mir in seiner Art ziemlich ähnlich, sag das der Tussi!" Den vereinbarten Termin hat er aus fadenscheinigen Gründen abgesagt und somit war die Sache für ihn gegessen. Mich ließ er im Regen stehen.

Unser gemeinsamer Urlaub in einem Kinderhotel in Innerösterreich entpuppte sich als totaler Reinfall. Leider gehörten bei unseren Kindern Autofahren und Streiten untrennbar zusammen, worauf Hans-Karl mit Schreien und Drohen reagierte. Die Urlaubsstimmung verflog mit Lichtgeschwindigkeit. Meine bessere Hälfte setzte allem noch die Krone auf, als er die Schlafordnung im Hotel festlegte: Die Kinder und ich zusammen in einem Bett und er separat im anderen Zimmer, allein in einem Doppelbett. Die Tage verliefen alle nach dem gleichen Schema, dass er sein Stündchen bei Kaffee und Zigarette Zeitung las und ich mit den Kindern alleine auf dem Gelände herumsprang. Vor dem Essen gingen wir zusammen in die Zimmer, er setzte sich aufs Bett und wartete bis ich die Kinder gewaschen und umgezogen hatte. Wie gerne hätte ich an den angebotenen Aerobic-Stunden dort teilgenommen, aber Hans-Karl versagte es mir mit seinem Kommentar, „Hast du auch was anderes als Training im Kopf?" – Ich musste unweigerlich an seine Tennisausrüstung im Kofferraum denken und fragte mich, ob er wohl Selbstgespräche führte.

Nach einem erneuten Schlaganfall wurde Mama wieder ins Krankenhaus eingeliefert und ich bildete mir ein, dass das sehr schwer für Papa zu ertragen wäre. In einem Anflug von Mitgefühl und Zuneigung umarmte ich ihn und sprach ihm tröstend zu: „Das ist sicher nicht leicht für dich, ich hab' dich lieb." – War das als eine Einladung zu verstehen? Anscheinend, denn im selben Moment spürte ich seine Hand auf meiner Brust und seine Zunge an meinem Ohr. Ich drückte ihn mit den Worten, „Nein, das bleibt deinem Sohn vorbehalten", von mir weg und flüchtete in unsere Wohnung. Ich suchte Rückhalt bei Hans-Karl und erzählte ihm davon. „Bist du sicher, dass du nicht etwas falsch interpretierst? – Eine kalte Hand griff nach meinem Herzen und die Liebe zu Hans-Karl war mit dieser Reaktion gestorben. Fakt war, dass ich bei jedem einschneidenden Erlebnis im Stich gelassen wurde.

Nach diesem Ereignis existierte fast kein sexuelles Interesse bzw. Verlangen meinerseits mehr, in mir regten sich einfach keine Lustgefühle, ich schreckte sogar vor Berührungen zurück. Das Ganze wurde durch eine, in meinen Augen sehr demütigende, Situation verstärkt, als Hans-Karl mich während des Sexualaktes fragte, wie meine Schwester nackt aussehen würde. Auf diese Weise vermittelte er mir den Eindruck, nicht mehr erotisch oder antörnend auf ihn zu wirken und jetzt sollten solche Ideen zu höherem Genuss verhelfen.

Die Kluft zwischen Hans-Karl und mir wurde immer größer. „Du bist so kalt geworden! Wann hast du einmal Lust!?", warf mein Mann mir vor. Meine Antwort kam wie aus der Pistole geschossen: „Wenn du in mir mehr siehst, als ein weibliches Geschlechtsorgan mit dem Namen Corinna und endlich zu mir hältst!" Das saß. Er fing an, Pläne für ein eigenes Haus zu schmieden. Es war höchste Zeit, denn Melanie kam in die Pubertät und brauchte ihr eigenes Zimmer, ihre Privatsphäre.

„Mama, komm schnell! Hör doch!" – schreiend stürzten Melanie und Thomas in die Wohnung. Erschrocken lief ich ihnen entgegen und merkte gleich, was Sache war, es war nun wirklich nicht zu überhören, wie Papa seiner Frau mit gröbstem Wortlaut Gewalt androhte. Schon stand ich vor ihm, gebot ihm Einhalt. „Was willst du denn? Du leistest doch gar nichts, willst nur haben!", warf er mir vor. Der Bann war gebrochen und ich fing an, mich selbst zu lieben, indem ich entgegnete: „Gut, ab sofort werde ich deinen Worten gerecht und beende sämtliche Dienste in deinem Haushalt. Im Gedanken bat ich Mama um Verzeihung und verließ hoch erhobenen Hauptes das Feld. Die Reaktion der anderen Familienmitglieder des Familienclans war verblüffend, sie brachten mir plötzlich mehr Achtung entgegen!

Wir wohnten danach nur noch kurze Zeit im Hause der Schwiegereltern, wir bezogen unser Reihenhaus am anderen Ortsende. Ein Neubeginn? Wir genossen unser neues Heim, die Raumeinteilung war genial und die Einrichtung komplett neu. Nie hätte ich davon zu träumen gewagt. Das Glück war leider nicht von langer Dauer. Mir fiel auf, dass Hans-Karl die Neigung hatte, alles, was mit seiner Sekretärin Moni zu tun hatte, zu glorifizieren. Meine Meinung oder Ansicht negierte er kategorisch, wurde aber zum Gesetz, sobald Moni dem zustimmte.

Welche Position ich im Leben meines Mannes einnahm, zeigte er mir deutlich beim Abschiedsessen anlässlich seines Jobwechsels, zu dem seine Belegschaft eingeladen war. Er saß am oberen und ich am unteren Tischende und Moni neben ihm. Die Blicke, mit denen sie sich bedachten und ihr ganzes Gehabe verriet sie. Das Prickeln zwischen den Beiden war förmlich zu spüren. Ich wies ihn darauf hin, dass eine platonische Freundschaft zwischen Mann und Frau fast unmöglich sei und dass sie die Grenze schon längst überschritten hätten. Er wischte meine Bedenken mit einer Handbewegung weg: „Was du dir wieder einbildest!"

Kurz danach leistete sich Hans-Karl einen sehr kränkenden „faux pas", als es um das Thema Schwangerschaftsverhütung bzw. Unterbindung ging. Medizinisch gesehen, ist dieser Eingriff beim Mann viel problemloser durchzuführen, trotzdem wollte er, dass ich mich dem unterziehe. Ihm war das zu endgültig, es könnte ja sein, dass er noch Kinder mit einer anderen Frau haben wollte! Das teilte er mir mit, ohne nur mit einer Wimper zu zucken. Wertloser konnte ich mich nicht mehr fühlen.

Es kam zu immer mehr Streitigkeiten, weil die Kinder mich unbedingt zu den Zusammenkünften der Zeugen Jehovas begleiten wollten. Immer wieder fragten sie ihren Papa um Erlaubnis, worauf er immer gereizter reagierte und mich vor den Kindern verbal attackierte. Er blieb immer länger fort, kam manchmal erst um sechs Uhr morgens nach Hause, kaufte sich ein neues Parfüm, duschte öfter, änderte seinen PIN-Code beim Handy und besorgte sich einen Internet-Anschluss, den er für die Kinder und mich unzugänglich machte. – Hans-Karl und ich hatten uns nichts mehr zu sagen und ich bestrafte ihn mit kalter Ignoranz, teilte weder Bett noch Tisch mit ihm.

Ich machte Nägel mit Köpfen und verlangte die Scheidung.

V. Der Scheideweg

Bei einem Ältesten aus der Versammlung der Zeugen Jehovas suchte ich Rat und informierte ihn über die bevorstehende Scheidung. Folgende Belehrung wurde mir zuteil: „Nach der biblischen Lehre stellt Ehebruch der einzige rechtmäßige Grund für eine Ehescheidung dar. Kannst du beweisen, dass er fremdgegangen ist? Ansonsten besteht für dich nur die Möglichkeit einer Trennung und dann musst du dir bewusst sein, dass du keinen neuen Partner haben darfst. Und darin steckt eine riesige Gefahr, es ist schon so oft vorgekommen, dass Personen dadurch der Hurerei anheimfielen." Ich hielt ihm entgegen, dass mein Lebenswille fast entschwunden und Selbstmord für mich die einzige Lösung sei. War das nicht Grund genug, eine so belastende Ehe zu beenden? Mit diesen Aussagen stieß ich auf taube Ohren, mein Befinden war nicht von Interesse, Hauptsache, ich hielt mich an die Schriften.

Das war mir absolut keine Hilfe und ich ging in der Hinsicht mit den Schriften konform, dass ich den Nächsten liebte, wie mich selbst. Das heißt, ich unternahm den ersten Schritt in Richtung „mich-selbst-lieben", indem ich die Scheidung einreichte. Die Reaktion meiner Mutter auf diese Neuigkeit war etwas eigenartig. Sie fußelte herum und brachte immer wieder Beispiele aus ihrer Ehe, die auch ein Scheidungsgrund gewesen wären. Es wurde mir einfach zu bunt, darum warf ich ihr die schnippische Frage vor die Füße: „Soll ich jetzt auch in meiner Ehe versauern, weil du zu feige warst, dich scheiden zu lassen?" Sie fühlte sich wohl angegriffen und zog sich zurück.

Lange Zeit stand Hans-Karl nicht einmal zu dem, was er tat. Er stritt vehement ab, ein Verhältnis mit Moni zu haben, machte mir aber einen Vorschlag, den ich schlichtweg als „total bescheuert" ablehnte. Wir sollten zusammenbleiben, bis die Kinder aus dem Gröbsten heraus wären. Mein Rückzahlungsbeitrag für das Haus müsste weiter geleistet werden. Freund oder Freundin nähmen wir nur mit nach Hause, wenn der andere nicht da sei. Sobald einer außer Haus wäre, sorgt automatisch der andere für die Kinder. Wir würden uns mit Anstand begegnen und er würde meine Verwandtschaft (jetzt!) als meine Freunde sehen und sogar mit ihnen sprechen. Die Kinder würden das schon verstehen und für sie wäre das doch die beste Lösung – und jetzt im Klartext: Ich würde weiterhin mitzahlen, die Kinder erziehen und die Hausarbeit machen (also auch das Bett überziehen, wenn sie da war). Ich glaube, dazu bedarf es keiner weiteren Worte.

Über Androhungen und Beleidigungen, wie z.B., dass er mir die Kinder wegnehmen würde und ich absolut keine gute Hausfrau war, versuchte mein zukünftiger Exmann mich einzuschüchtern. Ich wartete nur darauf, tätlich von ihm angegriffen zu werden, dann hätte er ein blaues Wunder erlebt, denn mein Kickbox-Training hatte sich schon einmal bei einem Arbeitskollegen bezahlt gemacht. Es blieb bei seinen leeren Drohungen – irgendwie schade.

Schlussendlich unterschrieb Hans-Karl den Antrag zur einvernehmlichen Ehescheidung und wir vereinbarten seinen Auszugstermin. Komischerweise versteckte er seine Koffer im WC, die Kinder sollten davon nichts mitkriegen, was lachhaft war. Kinder haben dafür eine Antenne und der kalte Umgang miteinander sprach ja für sich. Mir blieb nichts anderes übrig, als unsere Kinder einzuweihen, bevor sie noch von anderer Seite über die bevorstehende Scheidung informiert wurden. Ich wusste nicht, wie lange Hans-Karl damit warten wollte oder wie er sich das vorstellte, also fiel mir diese furchtbare Aufgabe zu. Melanie schloss ihre Emotionen in ihrem Herzen ein, nahm die Situation stillschweigend mit großen Augen hin. Es wäre mir lieber gewesen, sie hätte getobt, geschrien, geweint oder irgendwie aktiv reagiert. Thomas war total schockiert, für ihn ging eine Welt unter. Er drohte manchmal mit Selbstmord und fing wieder an, einzunässen. Bei sämtlichen Festen, zu denen er sich etwas wünschen durfte, hatte er nur den einen Wunsch: Mama und

Papa sollten wieder zusammenkommen. Leider wiesen Melanie und Thomas jede psychologische Hilfestellung von vornherein ab. Wie oft zerriss es mir fast das Herz und plagten mich Zweifel! Was hatte ich meinen Kindern nur zugemutet? Was tat ich ihnen da an? Wäre es für sie besser gewesen, die Ehe, wenn auch nur pro forma, weiterzuführen? Noch heute quält mich das schlechte Gewissen deswegen.

Die Finanzen betreffend, fanden wir einen Konsens. Obwohl mein Rechtsberater mir dringend davon abriet, stimmte ich der Scheidungsvereinbarung von Hans-Karl zu, schließlich sollten wir doch beide die Möglichkeit haben, halbwegs gut zu leben. Auch wenn ich verletzt war und noch eine große Abneigung gegen meinen Exmann hegte, fand ich es nicht fair, ihn finanziell „auszuziehen". – Unsere Ehe wurde am 06.02.2002 nach fast 13 Ehejahren in 20 kurzen Minuten einvernehmlich geschieden. – Einfach krass!

Aktiv wollte ich mich mit der Scheidung und ihren Folgen nicht auseinandersetzen, trainierte ganz verbissen, ging dabei über die Schmerzgrenze und verlor rapide an Gewicht. Doch mein Körper begann auf anderem Wege zu reagieren: Albträume, kalte Schweißausbrüche und Pickel in Form von dicken, sehr schmerzhaften Knubbeln auf meinem Rücken.

Gott sei Dank war das Baby meiner Schwester für die Kinder und mich ein Rettungsanker: Wir liebten die kleine Chloé abgöttisch und irgendwie brachte es dieses Baby zustande, dass unser psychischer Schmerz gelindert wurde. Wir verbrachten sehr viel Zeit bei meiner Schwester Margit, Chloés Mutter, was meine andere Schwester Birgit sehr traf. Das sollte noch Auswirkungen haben, aber das ist ein anderes Kapitel.

VI. Wind of Change

So Vieles war seit der Scheidung anders: Ein Gefühl der Befreiung stellte sich bei mir ein. Unsere Menus stellte ich zusammen, wie ich es für gesund und richtig hielt, traf Entscheidungen ohne Angst im Nacken und vor allem besuchten die Kinder und ich gemeinsam die Zusammenkünfte der Zeugen Jehovas.

Es war mir ein Anliegen, dass die Kinder ihre eigene Persönlichkeit entwickelten und ihre Meinung äußerten. Dazu gehörte auch, ihnen das Recht der Religionsfreiheit zuzugestehen. Weiters lag es mir fern, sie zum Versammlungsbesuch zu zwingen, aber Ersatzprogramm für diese Zeit wollte ich ihnen auch nicht bieten. Keinesfalls sollten Melanie und Thomas sich von den Lehren der Zeugen berieseln lassen und alles eins zu eins übernehmen. Im Gegenteil! Ständig ermunterte ich sie, das Gehörte zu überprüfen, zu hinterfragen oder anzuzweifeln und erwartete nicht, dass sie volle zwei Stunden total konzentriert dasaßen. Das Ziel war für mich schon erreicht, wenn Melanie und Thomas nur einen für sie brauchbaren und positiven Gedanken mit nach Hause nahmen.

Mit dieser Einstellung eckte ich bei meiner Verwandtschaft ganz schön an. Meine Mutter meinte, sie hätte meinen Bruder auch zum Versammlungsbesuch bis zu seinem 18. Lebensjahr gezwungen, und das sollte ich bei meinen Kindern genauso praktizieren. Klipp und klar erklärte ich ihr, dass ich meine Kinder nicht dazu zwingen würde. Mehrmals musste ich das wiederholen, es kam wahrscheinlich gar nicht an. Was ich zu sagen hatte, war nicht wirklich von Interesse.

Der Umgang mit Melanie und ihre Cousine Marlis war unbeschreiblich schwierig, sie waren so richtig pubertierende Zicken und gingen aus Prinzip in Opposition. Oft war ich der Verzweiflung nahe und musste Behauptungen oder Gerüchte seitens meiner Verwandten über meine angeblich in Ausschweifung lebende Tochter anhören. Am Anfang schenkte ich dem Hören-Sagen mehr Glauben, als meiner eigenen Tochter, was sie sehr kränkte. Aber ich kam zur Besinnung und bezog Stellung für mein eigenes Fleisch und Blut. Überflüssigerweise bekam ich ständig ungefragt Ratschläge, wie ich mit ihr umzugehen hätte und fühlte mich als richtig dumm hingestellt, aber niemals wurde mir tatkräftige Unterstützung angeboten.

Als bekannt wurde, dass ich Melanies Entscheidung für die Pille als Form ihrer Schwangerschaftsverhütung zustimmte, explodierte förmlich eine Bombe! „Das ist ein Freibrief für sexuelle Zügellosigkeit!", warf mir meine Schwester Birgit vor. Ich konterte mit der Aussage: „Meine Tochter ist ein Mensch mit Hirn, die mit Sexualität verantwortungsbewusst umzugehen weiß. Das traue ich ihr zu, stell dir vor!" Kopfschütteln und Unverständnis. Drei Monate später nahm auch Marlis die Pille, was ohne weiteres akzeptiert wurde. Immer wieder musste ich feststellen, dass es nicht das Gleiche ist, wenn zwei dasselbe tun. Ich, als Initiator wurde an den Pranger gestellt, der Nachahmer hingegen in den Himmel gehoben.

Meine Verwandten schienen Interesse mit Kontrolle zu verwechseln. Über meine Kinder versuchten sie Informationen über mein Essverhalten und Trainingsausmaß heraus zu kitzeln, um mir dann eine Standpauke zu halten und mich auf meine religiösen Pflichten zu verweisen. Die Kunst des „Stille-Post-Spiels" beherrschten meine Schwestern perfekt und schenkten jeder Behauptung Außenstehender Glauben, was zu voreiligen und unfairen Schlüssen führte. Kaum war ein neues Gerücht wegen mir im Umlauf, rief mich auch noch mein Bruder an, um mich dazu zu befragen. Es verletzte mich umso mehr, weil mich mein Bruder sonst nie kontaktierte, obwohl wir in der gleichen Ortschaft wohnten. Außerdem ging mein Privatleben niemanden etwas an – ich führte doch kein öffentliches Leben!

Auch von der Gemeinschaft der Zeugen Jehovas zog ich mich immer mehr zurück, ich empfand das ganze Gefasel um die Liebe als bloße Heuchelei. Durch meine Verwandten waren doch alle über meine aktuelle Lebenslage bestens informiert. Aktive Hilfe erfuhr ich trotzdem nie, im Gegenteil. Mir wurden stets meine Pflichten bzw. Aufgaben vor Augen geführt, was in mir Gefühle der Wertlosigkeit und Unzulänglichkeit auslöste. Trotzdem hielten es meine Schwestern für eine gute Idee, einen Kaffeeplausch mit einer Glaubensschwester zu organisieren, die sie allem Anschein nach für mich als passende Freundin auserkoren hatten. Das Gesprächsthema war das Beste: Scheidung und ihre Folgen. Sie gackerten los, wie wild gewordene Hühner und der Hohn an der ganzen Sache war der, dass ich nicht einmal zu Wort gekommen bin, obwohl ich die einzige Geschiedene in der Runde war und die Hauptrolle in einem Scheidungsdrama innehatte. – Mir wurde immer dieselbe Botschaft übermittelt: Sei still, tu und fühle, was wir dir sagen.

Ich hatte es satt, der überflüssige, fremdbestimmte Drilling zu sein und grenzte mich immer mehr von meinen Schwestern ab. Sollten sie doch weiterhin die gleichen Kleider tragen, sie waren schließlich auch Zwillinge, aber ohne mich. Diese Art von Uniformierung lehnte und legte ich ab, wollte als Individuum gesehen werden. Es ging schon zu lange so, dass wir drei uns genau gleich kleideten. Das stellte für Margit und Birgit einen Affront dar! Ihre Bestrafung bestand darin, dass sie nichts mehr für mich nähten. Wenn die wüssten, wie froh ich darüber war, denn viele Sachen entsprachen gar nicht meinem Stil, ich hielt sowieso nicht viel von Rüschen, Maschen oder Volants.

Die Versammlungsbesuche meiner Kinder und mir erfolgten unregelmäßig, wurden immer seltener. Am öffentlichen Dienst, d.h. Haus-zu-Haus-Dienst nahm ich schon lange nicht mehr teil. Melanie und Thomas interessierten sich kaum mehr für Religion, was ich akzeptierte. Langsam entwickelte ich mich zum Freidenker, traf Entscheidungen, ohne lange in der Literatur der Zeugen Jehovas nach Ratschlägen zu suchen und ließ mir absolut nichts mehr vorschreiben. Fakt war doch, dass ich die Konsequenzen für mein Tun immer alleine zu tragen hatte, also traf ich die Entscheidungen auch in Eigenregie.

Dass Melanie und Thomas zu rauchen anfingen, konnte ich nicht vermeiden. Sie machten mir aber nie etwas vor, gaben es ehrlich zu. Was hätte es uns gebracht, wenn ich es ihnen unter Strafandrohung verboten hätte? – Genau, sie hätten es heimlich getan. Konsequent war ich in der Hinsicht, dass ich ihnen nie Zigaretten kaufte und dass im Haus striktes Rauchverbot herrschte. Birgit musste sich natürlich wieder die Richterrobe überziehen und unterband den Kontakt unserer Kinder miteinander, denn meine Kinder stellten jetzt schlechten Umgang für die ihren dar. Über ihre Reaktion muss ich heute noch lachen, als sie erfuhr, dass ihre Tochter Jasmin eine Zigarette rauchte, die ihr Melanie angeblich angeboten hatte. Böse Melanie, sie traf alle Schuld! Meine Ansicht, dass die Entscheidung sich eine Zigarette in den Mund zu stecken und anzuzünden einzig und allein bei Jasmin lag, wurde einfach als falsch abgetan. Es würde mich interessieren, wie Birgit reagiert, wenn Jasmin auf Arbeit eine Zigarette angeboten wird. Würde sie ihre Tochter dann aus dem Betrieb nehmen? – Aber das war ihr typisches Verhalten, sie weidete sich in der Opferrolle und übernahm nie wirklich Verantwortung für ihr Handeln.

Zickenalarm hoch drei und Ausnahmezustand herrschte schon lange unter unseren Mädchen. Manchmal verhielten sie sich schon sehr grausam, aber sie sollten das unter sich ausmachen, konfliktfähig werden. Birgit reagierte tief gekränkt darauf, dass ich nicht einschritt, als ihre Mädchen das Fett abkriegten. So lange kein Blut floss, sah ich jedoch keinen Handlungsbedarf, Birgit eben schon. Ergo durfte Melanie nicht mehr bei ihr nächtigen und war in ihrem Hause ein unerwünschter Gast. Mit diesem Verlust konnte Melanie sehr gut umgehen, das scheinheilige Gehabe dort war für sie sowieso kaum zu ertragen.

Im sportlichen Bereich ging es voran, als ich die Ausbildung zum Gruppenfitness-Trainer bei meinem Fitnessstudio abschloss. Was für ein berauschendes Gefühl war es doch, vorne zu stehen und eine Gruppe anzuleiten, noch dazu, wenn die älteren Schwestern auch dabei waren! Waren sie eifersüchtig, neidisch oder fühlten sie sich auf eine Weise gedemütigt? – Keine Ahnung. Auf alle Fälle meinten sie mir erklären zu müssen, wie eine Stunde aufgebaut werden muss und welche Übungen obligatorisch wären. Ein Schlussstrich musste gesetzt werden. Die Lösung bestand darin, dass ich in ein anderes Fitness-Studio überwechselte, wo mich meine Schwestern nicht mehr mit Argusaugen beobachten konnten.

Mit einem Bauchnabel-Piercing liebäugelte ich schon seit geraumer Zeit und ich fand keinen Grund, der dagegensprach. Stolz präsentierte ich meinen Schwestern meinen neuen Körperschmuck und, welch eine Überraschung, Birgit zog gleich nach. Als es dann um Tattoos ging, musste sie passen. Innerhalb einiger Monate zierten drei wunderschöne Tribals meinen Körper. Papa war geschockt, eine Schwägerin mied mich und warf mir vor, dass ich ein sehr schlechtes Vorbild für ihre Tochter sei. Schwierigkeiten mit ihrer Tochter wären wegen meiner unchristlichen Handlungsweise vorprogrammiert. War schon praktisch, für alles einen Sündenbock zu haben. Bezüglich unchristlicher Handlungsweise hatte sie mir einiges voraus. Sie brachte die Gerüchteküche zum Brodeln und ich zählte mit vielen anderen zu ihren Opfern. Wie sehr sie mich auf diese Weise verletzte und denunzierte, kam ihr wohl nie in den Sinn.

Eines war mir klar: Als gepiercte, tätowierte und religiös inaktive Person passte ich nicht mehr richtig in das Familienbild und entsprach auch nicht mehr ganz den Vorstellungen eines Zeugen Jehovas. Ich fand gespaltene Lager vor und bekam immer mehr Ablehnung in der Form zu spüren, dass man von mir zwar Rechenschaft forderte und mich gleichzeitig für mundtot erklärte. Es musste eine Entscheidung getroffen werden.

VII. Exit – Exitus

Immer wieder kam es während der Besuche bei meinen Eltern zu Unstimmigkeiten und Diskussionen mit Birgit, weil ich mir ihre Meinung einfach nicht aufdrücken ließ. Aus purem Selbstschutz beschloss ich, die Besuchszeiten zu verkürzen und nur noch im Zwei-Wochen-Rhythmus aufzutauchen.

Meine Energie brauchte ich für mein nächstes Projekt: den Hausverkauf. Hans-Karl nahm sich als Miteigentümer des Hauses einige Freiheiten heraus, die meine Privatsphäre beträchtlich einschränkten. Außerdem hatte ich es satt, ständig in der Angst zu leben, es könnte irgendetwas kaputtgehen. Schäden bedeuteten eine Wertminderung des Hauses und als Verursacher hätte ich die Konsequenzen zu tragen. Den entstandenen Verlust würde er von meinem Anteil des Verkaufserlöses in Abzug bringen. Das berührte mich nicht besonders, Hauptsache, ich konnte das Thema „gemeinsames" Haus endlich zum Abschluss bringen.

Irgendwie entwickelte sich das Ganze zu einer Art „Rachefeldzug" seitens meines Exmannes, denn nach Übernahme des Hauses sollten nun auch die Kinder bei ihm bleiben. Diese Entscheidung mussten Melanie und Thomas selbst treffen, was ihnen sehr schwer fiel. Mit dem Umzug ins Haus und den Folgen der Scheidung wurde den beiden schon fast zu viel zugemutet. Ich merkte schon, dass sie dazu tendierten, eher in ihrem gewohnten Umfeld zu bleiben, zumal Melanies Arbeitsplatz sehr nahegelegen war und Thomas nur noch ein Schuljahr vor sich hatte. Zudem stellte ihnen Hans-Karl einen Hobbyraum mit allem Komfort (Internet-Anschluss, Bar, Computer, TV usw.) in Aussicht. Ich hatte ihnen außer einem fremden Umfeld und einer Mietwohnung nichts dergleichen zu bieten. Sie entschlossen sich, im Haus zu bleiben und ich war natürlich zu Unterhaltszahlungen für meine Kinder verpflichtet.

Nachdem ich eine 2-Zimmer-Wohnung in der nächsten Ortschaft gefunden hatte, fing ich an, meine Sachen zu packen und meinen Auszug zu planen. Zwischen den Kindern und mir herrschte eine bedrückte Stimmung, langsam schienen wir zu begreifen, worauf wir uns eingelassen hatten. Überall standen halb gepackte Schachteln rum und uns wurde immer mulmiger. Die Hoffnung, die Kinder würden sich noch im letzten Moment „um-entscheiden" wollte ich nicht aufgeben. So hat sich der Tag meines Auszugs in mein Gedächtnis eingebrannt: morgens verabschiedete ich mich von meinen Kindern wie immer, aber ab Mittag war alles anders. Ihre Mama war nicht mehr da. An diesem Tag nahm mich eine tiefe Traurigkeit in Besitz. Mein Leben war gelaufen, ich hatte alles verloren, fühlte mich ohne meine „Kleinen" auf eine Art amputiert. Abschied ist ein bisschen wie sterben – ein bisschen? Ja, jeden Tag ohne meine Kinder starb ich ein bisschen mehr.

Mein Arbeitsweg führte an diesem Haus vorbei, was bei jedem Vorbeifahren dem Schüren in einer offenen Wunde gleichkam. Ich ertappte mich auch immer wieder dabei, dass ich ins Fleisch und Blut übergegangene Gewohnheiten (Weck- und Schlafrituale) nachkommen wollte, was total unsinnig war und meine Gedanken kreisten ständig um meine Kinder. Um mich von diesen schrecklichen Gefühlen wie Einsamkeit, Traurigkeit, Wertlosigkeit abzulenken, nahm ich einen neuen Job als Betriebsleiterin in einem Fitness-Studio in 30 km Entfernung an. Mit Arbeit wollte ich mich betäuben oder ablenken und viel Zeit zum Nachdenken hatte ich ja wegen meiner Arbeitszeiten nicht.

Auf einem Fitness-Ball lernte ich Georg kennen. Wir unterhielten uns recht gut, tanzten miteinander und stellten fest, dass wir dasselbe Interesse, nämlich Motorradfahren, teilten. Zum Abschied erfragte er noch meine Handynummer. Überraschender Weise meldete er sich wirklich, wir trafen uns öfters und ich verliebte mich langsam in ihn.

Die Arbeit im Fitness-Studio fraß mich förmlich auf. Dort war von Anfang an der Wurm drin. Nach einer zweistündigen theoretischen Einschulung wurde ich ins kalte Wasser gestoßen und durfte sozusagen einen „Sauhaufen" übernehmen. Sämtliche Fehlentscheidungen meines Chefs, der stets behauptete, mein Freund zu sein, musste ich ausbaden, was sehr an meine Substanz ging. Ständig fielen Mitarbeiter aus, sodass ich von 07.30 Uhr morgens durchgehend bis 23.00 Uhr allein den Laden schmiss, von den Wochenend-Diensten abgesehen.

Mein psychischer und physischer Zustand war nicht gerade das Gelbe vom Ei. Es ging immer weiter bergab, was durch permanente Schlaflosigkeit noch verstärkt wurde. Angstzustände und Magenschmerzen wechselten sich ab. Ich kannte mich schon selbst nicht mehr, hatte ganz nah am Wasser gebaut, wurde richtig vergesslich und traute mir nichts mehr zu. Ich hatte mich sozusagen in einer Teufelsspirale verfangen. Selbst das Motorradfahren bereitete mir keinen Spaß mehr. Mit meiner ganzen Wahrnehmung stimmte etwas nicht mehr, sodass ich vor lauter Angst manchmal fast hyperventilierte. Bevor ich auf mein eigenes

Motorrad stieg, musste ich mir selber gut zureden und zitterte am ganzen Körper. Zudem schien mich meine Kraft verlassen zu haben, denn ich musste einen Kraftakt vollziehen, wenn ich das Motorrad nur gerade halten wollte, ohne umzukippen. Manchmal passierte es mir trotzdem, aus heiterem Himmel fiel ich mit dem Motorrad um. Von alldem hat Georg fast nichts mitbekommen.

Mein Zustand bereitete dem Hausarzt große Sorgen, besonders als ich ernsthaft um einen „Gnadenschuss" bzw. „die goldene Kugel" bat. Er vereinbarte sofort einen Termin bei einer sehr fähigen Psychotherapeutin, den ich tatsächlich wahrnahm. Die Chemie zwischen uns beiden passte sofort und ich fühlte mich das erste Mal in meinem Leben verstanden, ernst genomen. Immer öfter äußerte ich Suizidgedanken und trotz der Einnahme von Antidepressiva trat keine Verbesserung ein. Um die Betreuung während ihres Urlaubs zu gewährleisten, sorgte meine Therapeutin Marlis dafür, dass ich ambulant im Landeskrankenhaus behandelt wurde.

Der behandelnde Arzt im Landeskrankenhaus schrieb mich nach unserem Erstgespräch für drei Wochen krank, was finanzielle Nachteile für mich zur Folge hatte. Mein Chef, der Freund, zahlte mir offiziell € 1.100,00 und mit meinem Einverständnis € 400,00 „schwarz" als Provision aus. Ich vertraute ihm, darum bestand ich auch auf keinen Dienstvertrag, was ich nun sehr bereute, denn von den versprochenen € 400,00 sah ich seit meinem Krankenstand nichts mehr. Die dadurch hervorgerufenen Existenzängste trugen natürlich nicht zur meiner Genesung bei. So als kleine Rechenaufgabe nebenbei: Die Krankenkasse kommt während des Krankenstandes nur für 80% des angegebenen Gehaltes auf. Meine Fixkosten (ohne Nahrungsmittel und Tanken) betrugen zu der Zeit schon allein € 1.100,00. Die Differenz deckte ich mit den verbliebenen Mitteln vom Verkauf meiner Haushälfte ab. Aber auch diese Quelle würde einmal versiegen, da ich ja einen komplett neuen Hausstand gegründet hatte und ein Auto anschaffen musste.

Zu den Existenzängsten gesellten sich noch Gefühle der Enttäuschung und totales Misstrauen. Wem konnte ich eigentlich noch vertrauen? Von den Zeugen Jehovas hatte ich mich nach der Scheidung schon sehr zurückgezogen, weil von der Seite in keinster Weise Hilfestellung kam. Das hatte wiederum den Rückzug meiner Verwandtschaft zur Folge, die ja allesamt Zeugen Jehovas waren. Nach meiner Einschätzung war ich eine sehr schlechte Mutter, sonst hätten sich meine Kinder nicht für ihren Papa entschieden. Hans-Karl, Moni und meine Kinder gaben das Bild einer schönen, kleinen Familie ab. Dabei war ich doch die Mutter der beiden Kinder! Und Georg? Auch nicht, noch nie hatte ich einem Mann wirklich vertraut und Georg legte mir gegenüber sowieso ein eigenartiges Verhalten an den Tag. Er ließ eine gewisse Zeit nichts von sich hören, tauchte so zu sagen unter oder unternahm Einiges ohne mich, worüber er nie auch nur ein Wort verlor. – Ich fand absolut keinen Sinn mehr in meinem Leben, überflüssiger konnte man doch gar nicht sein! Die Welt würde sich auch ohne mich drehen!

Georg plante zum Motorrad-Treffen nach Deutschland zu fahren und ich hatte meinen letzten Termin in der Ambulanz im Landeskrankenhaus. Den Abend davor verbrachten wir noch gemeinsam mit seinem Bruder und dessen Freundin. Meine Stimmung war im Keller. Schon lange konnte ich nicht mehr lachen, war todernst und verstand keine Späßchen mehr. Manchmal starrte ich ganz weggetreten auf einen imaginären Punkt und war kaum ansprechbar. An diesem Abend traf ich eine Entscheidung und der Abschied voneinander sollte einer im wahrsten Sinne des Wortes sein.

Meinen Termin in der Ambulanz nahm ich noch war, damit alles seinen ordentlichen Abschluss hätte. Alle Vorbereitungen waren getroffen: In meiner Handtasche befanden sich sämtliche Medikamente, die ich in den letzten Monaten zu dem einen Zweck gesammelt hatte, durch eine Überdosis zu sterben. Es lief alles wie geplant ab, bis zu dem Punkt, als ich dem Arzt zum Abschied die Hand gab und er mich mit meinem Vornamen so beiläufig ansprach: „Corinna, gib doch zu, es geht dir total schlecht." Da war es um meine Haltung geschehen, ich brach in Tränen aus und sagte, dass es jetzt egal wäre, ich hätte sowieso eine Lösung gefunden, verabschiedet hätte ich mich auch schon. Er ließ mich nicht mehr gehen und rief eine Krankenschwester, die mit mir das ganze Aufnahmeprozedere durchführen sollte. Ich begann zu hyperventilieren, die nackte Angst stand in meinen Augen und mein Herz trommelte gegen meine Brust. Flüchten, war der erste Gedanke, den ich fassen konnte und ich näherte mich stückchenweise der Türe. Doch der Fluchtweg wurde von der Krankenschwester abgeschnitten. Sie legte mir die Hand auf den Rücken und dirigierte mich auf diese Weise in die psychiatrische Abteilung. Ihre Hand auf meinem Rücken irritierte mich dermaßen, ich hasste es, berührt zu werden, dass ich mich gar nicht mehr auskannte, wo ich überhaupt war. Ich hätte mich in dem Krankenhaus garantiert verlaufen, so orientierungslos wie ich war. Sehr widerwillig legte ich mich ins Bett und ließ mir Infusionen verabreichen, die mich bis zum nächsten Morgen in Tiefschlaf versetzten. Nach dem

Wecken holte ich wie in Trance meine Tasche aus dem Kasten und fand darin noch alle meine Medikamente vor. Ich drückte eine Tablette nach der anderen heraus und schluckte alle in einer Ruhe, die mir selbst fremd war. Mit einem triumphalen Lächeln im Gesicht suchte ich das Dienstzimmer auf und warf dem Pfleger die leeren Packungen mit folgender Bemerkung hin: „Wann und ob ich sterbe oder esse, entscheide einzig und allein ich." Dann fiel ich in ein schwarzes Loch.

Das erste Mal kam ich in der Herzüberwachung in einem anderen Krankenhaus zu mir und wachte erst in der geschlossenen Abteilung im vorigen Krankenhaus wieder auf. Beduselt nahm ich meine Umgebung wahr, offene Schiebetüre, leeres Nachtkästchen und ich trug nicht mal meine eigene Unterwäsche.

An die Zeit, die ich in der geschlossenen Abteilung verbrachte, kann ich mich nur vage erinnern. Mit einem Buttermesser versuchte ich an meinem Handgelenk herum zu schneiden, als es mir weggenommen wurde, war mir jeder scharfe Gegenstand dazu Recht. Durch die Medikamente konnte ich nicht mehr gerade gehen und musste mich ständig an der Wand anlehnen. Sogar die Socken musste ich in eigentümlicher Art anziehen: Mit dem Kopf stützte ich mich an der Wand ab und musste mich total konzentrieren, sonst wäre ich umgefallen. Womit ich in dieser Abteilung zu gedröhnt wurde, weiß ich nicht, aber die Auswirkungen lassen mich an der Kompetenz der Ärzte dort zweifeln. Ich hörte Stimmen, sah wie der Arzt neben der mit Blut gefüllten Badewanne Leichenteile sezierte und unter meinem Bett wähnte ich eine Bombe, die explodieren würde, sobald ich aus dem Bett stieg.

Mein Anblick war für jeden Besucher ein traumatisches Erlebnis. Meine Kinder erzählten mir, dass ich mir zwei Zöpfe gebunden hatte und andauernd bescheuert gekichert hätte. Tanzen nannte ich das koordinationslose Herumstolpern im Aufenthaltsraum, das mit Zimmerarrest und Infusionsflasche geahndet wurde.

Der Besuch eines meiner Brüder muss mich besonders beeindruckt haben, denn an den kann ich mich noch erinnern. Bei dieser Gelegenheit machte er Bekanntschaft mit Georg, der für ihn allein wegen seiner Frisur und seines Kleidungsstils völlig inakzeptabel war. Mein Bruder Friedrich verabschiedete sich mit den Worten: „Jetzt werden wir sehen, ob du den Weg Satans oder den Weg Gottes einschlägst", und ward seitdem nie mehr gesehen.

Die Ergotherapeutin auf der Station schlug dem Fass den Boden aus. Sie nutzte die Einzeltherapiestunden weidlich aus, um jeden Patienten endgültig fertig zu machen oder wenigstens zum Weinen zu bringen. Ich verlasse mich in dieser Sache auf den weisen Spruch: Was immer ein Mensch sät, wird er auch ernten. Mehr ist zu dieser „Pseudo-Therapeutin" nicht zu sagen.

Nach zwei Wochen wurde ich wieder auf die normale Station verlegt, wo ich noch weitere fünf Wochen verbrachte. Eine Krankenschwester dort fand den Draht zu mir, ihr vertraute ich. Sie nahm mich für voll, bevormundete mich in absolut keiner Weise und ermunterte mich, weiter Texte zu schreiben, denn den Großteil der Therapieformen lehnte ich ab bzw. fruchtete nicht. Über das Schreiben und über das Training kam ich am besten mit den Spannungszuständen und der Traurigkeit klar.

Über die Besuche meiner Kinder freute ich mich am meisten. Hans-Karl und Moni gaben ihr Bestes, indem sie als Taxi für Melanie und Thomas fungierten. Dafür hatte ich große Wertschätzung, das war keine Selbstverständlichkeit für mich. Leider versetze mir ein Besuch meiner Mutter einen Rückschlag, weil ich mich mit folgenden Worten wieder nur auf das Äußere reduziert fühlte. „Du musst jetzt nicht mehr abnehmen, bist schlank genug. Aber schminken könntest du dich wieder, dann würdest du nicht so dunkel wirken. Du wärst wieder die alte Corinna." – Nie wieder würde ich wie früher werden! Die alte Corinna hatte ich umgebracht, existierte nicht mehr! Warum begriff sie das nicht?

Georg kümmerte sich bei einem Wochenend-Ausgang rührend um mich. Ich stand in seinem Badezimmer und suchte verzweifelt den Kettenanhänger, den ich verloren hatte. Sogar das war mir zu viel und ich weinte vor mich hin. Georg suchte ihn für mich, sprach mir beruhigend zu, half mir beim Haarewaschen und verwöhnte mich durch eine Massage.

Schade nur, dass wir nie über den Suizidversuch an sich diskutiert haben. Vielleicht fühlte er sich schuldig, ich weiß es nicht, offene Gespräche fanden äußerst selten statt. Eigentlich wusste Georg so gut wie nichts über meine Gefühlswelt, Gedanken oder Wünsche.

Nach meinem Krankenhausaufenthalt war ich noch zwei Monate im Krankenstand. Danach wurde das Dienstverhältnis beim Fitnessstudio einvernehmlich gelöst und ich war arbeitslos. So hatte ich mehr Zeit für mich und ich verfasste eine Menge Texte, die nachfolgend zu lesen sind.

ANGST

Die Angst lebt in meinem Körper, macht ihren Schreckenslauf.
Sie fühlt sich kalt an, bedroht mich und frisst meine Seele auf.
Trotzdem versuche ich, mein Leben irgendwie auszukosten,
steh' aber immer wieder auf total verlorenem Posten.
Die Angst bereitet mir unerträgliche Schmerzen
Und hinterlässt tiefe Wunden in meinem Herzen.

Eines Tages schafft sie es, mich zu übermannen,
ich gebe auf und meine Seele zieht leis von dannen.
Ich reagiere genauso wie sie es von mir erwartet,
ihre Macht wird so genährt, bis sie entartet.
Ich weiß nur: mit dem bereits verfassten Abschiedsbrief
Ist dann endgültig Schluss mit dem ewigen Tief.
Vorbei ist endlich dieses bloße Reagieren –
Durch den Tod wird auch die Angst einmal verlieren.

14.08.2006

EIN VOGELJUNGES

... erst kurz geboren,
befand sich ganz verloren
auf einem kalten grauen Platz.
Sein Gefieder war nass und von tiefem Schwarz.
Aus dem Schnabel drangen leise Piepser
als „Begleitmusik" zu wackeligen Hopsern.

Niemand schien den Kleinen zu beachten,
außer die, die höhnisch über ihn lachten.
Fipsy, so sei der Kleine jetzt genannt,
wurde von schrecklichen Gefühlen übermannt.
Traurigkeit, Einsamkeit, Angst und Bange
legten sich um sein Herz wie eine eiserne Zange.

Zitternd, trostlos und am Ende in seiner Not
gab Fipsy auf und wünschte, er sei tot!
Doch da kam sie, wie die aufgehende Sonne:
Ihre Stimme war so sanft und voller Wonne.
Ein Menschenmädchen rettete Fipsy das Leben,
war bereit ihm ein behagliches Heim zu geben.

Jeder Wunsch wurde ihm von den Augen abgelesen,
perfekt, wäre nicht dieses komische Gefühl gewesen.
Er sehnte sich tief im Herzen nach Seinesgleichen,
wollte mit eigenen Flügeln den Himmel erreichen.

So öffnete das Mädchen
nach einiger Zeit liebevollen Gebens
für Fipsy die Pforten des richtigen Lebens.

Fipsy hatte viele Freunde seiner Art,
aber ohne eigene Familie ist das Leben hart.
Auch in dieser Sache ließ ihn das Glück nicht warten:
Er fand seine vermissten Eltern in Nachbars Garten.
Fipsy lernte alles, was ein Vogel können muss
und fasste im Familienkreis schnell festen Fuß.
Fipsy trägt nun ein prächtiges Federkleid
und ist überall gern gesehen zu jeder Zeit.
Seine Kunst zu fliegen und seine Kunst zu singen
vermag jeden in Verzückung zu bringen.

Er darf aber auch Mal traurig und müde sein,
immer mit dem Wissen, er ist nie wieder allein.

Aus einer hässlichen, unscheinbaren Winzigkeit
wurde eine wunderschöne, liebevolle Einzigartigkeit –
Eine Schönheit nicht nur nach außen hin,
die kommt von innen, entstand im Herzen drin.
Fipsy genießt nun das größte Glück auf Erden:

Bedingungslos geliebt zu werden.

„Weinende" - Dieses Wandbild malte ich in 2006; das Gesicht einer Frau, deren Mimik ihren Gefühlszustand nicht preisgibt, nur die Tränen verraten ihn.

ABSCHIED

Normal existiert eine natürliche Familienbande –
Bei uns war sie nie vorhanden, welch eine Schande!
Zusammenzustehen jederzeit wär' ein gutes Ziel,
aber von dem hält man bei uns nicht viel.
Jeden so anzunehmen wie er ist,
ihn zu lieben in Ehrlichkeit und ohne List,
diese persönliche Wertigkeit hab' ich vermisst.

Daher habe ich mich von euch entfernt,
ihr habt mich nicht wirklich lieben gelernt.
Als Mensch wisst ihr mich nicht zu schätzen,
müsst hinterrücks über mich schwätzen.
Darum lasse ich euch alle mit Wehmut los,
anderswo werde ich geliebt und zwar bedingungslos.

07.06.2006

NEIN-SAGEN VERBOTEN

Noch etwas könntest du für mich machen,
eine und noch tausend andere Sachen.
Ich werd' mich ganz auf dich verlassen.
Nein, du wirst nicht etwa passen?!

Sag' bloß nicht, dass es zu viel für dich ist!
Ach, wie undankbar du doch bist.
Gib uns doch ein wenig Zeit von dir –
Eines Tages wurde zu viel abverlangt von mir.
Nun fühle ich mich leer, nichts ist mehr hier.

Vielleicht wäre es mit einem „Nein" nicht so weit gekommen?
Es war mir aber der ganze Mut dazu genommen.
Richtig tiefe Lebensfreude schwindet immer mehr dahin.
Bitte lasst mich einfach nur leben nach meinem Sinn,

ohne eine Rolle zu spielen, sein, so wie ich wirklich bin.
Todessehnsucht macht sich stetig in mir breit,
eine Überdosis Tabletten hätte mich davon befreit.
Nun lebe ich noch und suche mit „Nein"
die bessere Möglichkeit.

01.09.2006

GEFÜHLE FÜHLEN?

Sie erwarten täglich ein Gefühlsprotokoll
Und ich weiß nicht, was ich schreiben soll?
Gefühle – Wie wird dieses Wort definiert?
Mir ist klar, dass etwas bei mir nicht funktioniert.
Unklare Empfindungen kommen manchmal auf
Auf die hauen sie mit Medikamenten gleich eins drauf.
So wächst die gähnende Leere weiter in mir,
es existiert einfach keine Gefühlswelt mehr.
Selbst zugefügte Schmerzen und Schnitte
beweisen mir, dass ich lebe
und ich ein total leeres Gefühlsprotokoll abgebe.
Meine Gefühle stehen auf der Skala
zwischen Null und minus Hundert.
Nach Vermutungen, Bewertungen fragen sie,
was mich verwundert:

Die wissen doch, ich bin kalt und starr,
nehme meine Körperhaltung gar nicht wahr.
Handlungs- und Sprechimpulse sind kaum vorhanden.
So, auf welcher Station werde ich zuletzt noch landen?

02.09.2006

VIII. Scheinwelt

Sechs verschiedene Medikamente waren Teil meines täglichen Brotes. In Eigenregie reduzierte ich langsam die Dosis und setzte ein Medikament nach dem anderen ab, schlich sie aus. Dennoch hatte ich mit Entzugserscheinungen zu kämpfen, die sich durch Panikattacken, Schweißausbrüche und Zitterzustände äußerten.

In so einem Zustand eilte ich nachts zu Georg, der mich wegen eines Motorrad - Unfalles um Hilfe bat. Ich fuhr mit ihm ins Krankenhaus, denn ihn plagten unerträgliche Schmerzen am Unterschenkel. Das Bein wurde mittels Zinkleim ruhiggestellt und Georg sollte sich unbedingt Spritzen gegen Thrombose setzen. Es bereitete mir riesige Freude, für Georg zu sorgen, er war durch die Krücken ziemlich gehandicapt. Seiner Meinung nach stellte diese Situation eine Feuerprobe für unsere „Beziehung" dar, schließlich war er durch seine Verletzung mindestens sechs Wochen gehunfähig und auf Hilfe fast angewiesen. Ich achtete besonders darauf, nicht ständig aufeinander zu kleben oder irgendwie lästig zu sein und ließ ihn daher hie und da für ein paar Stunden allein.

Ich hatte eine dunkle Vorahnung, als er die Spritzen gegen Thrombose manchmal bewusst „vergaß". Er fiel eines Morgens mit fahlem Gesicht zurück ins Bett, der Kopf war binnen Sekunden total nass geschwitzt und er klagte, dass ihm so schwindelig und schlecht sei. Schon verdrehte er die Augen und fing an zu röcheln. Für einen kurzen Moment verlor er das Bewusstsein und zeigte alle Symptome einer Lungenembolie. Sofort rief ich die Rettung, Georg kam noch glimpflich davon. Dieses Schockerlebnis führte mir vor Augen, wie sehr ich an Georg hing, wie viel er mir schon bedeutete.

Es war nun an der Zeit bezüglich Religion, Nägel mit Köpfen zu machen. Ich wollte Klarheit schaffen und verfasste einen Abschiedsbrief an die Zeugen Jehovas, in dem ich ihnen mitteilte, dass sich meine Lebensweise nicht mehr mit den Schriften vereinbaren ließ und ich von nun an nicht mehr zu ihnen gehörte.

Es war mir schon klar, dass sich durch meinen Schritt die Versammlungsmitglieder zurückziehen und jeden Kontakt zu mir meiden würden. Aber dass meine Familie sich dieser Haltung anschloss, traf mich sehr, verletzte mich unheimlich. Ich fühlte mich auf eine Art „entwurzelt", denn jetzt hatte ich keine Familie mehr. Meine Eltern sicherten mir zu, dass ich immer ihre Tochter bleiben würde und ich sie jeder Zeit besuchen dürfte. Das stand jedoch im Widerspruch zu der Aussage meiner Mutter, dass sie alles geregelt hätte und der Freitag als meinen Besuchstag festsetzte. Also musste sie zu jonglieren anfangen, sodass mein Besuch möglich war und ich dabei mit keinem anderen Familienmitglied zusammentraf. Ein ganz schlimmes Erlebnis war das zufällige Treffen mit Birgit an der Kassa in einem Lebensmittelgeschäft. Sie schaute förmlich durch mich hindurch und würdigte mich keines Grußes. Wie ließ sich das mit dem Prinzip der Nächstenliebe vereinbaren? Ach ja, die Ignoranz stellte eine Zuchtmaßnahme seitens der Zeugen Jehovas dar, damit ich wieder zurück auf den richtigen Weg fände. Das war in meinen Augen ein Akt der Blasphemie, denn sie stellten sich durch dieses Verhalten über Gott. Mit solchen Aktionen erreichten sie bei mir doch nur das Gegenteil.

Eine Steigerung fand der ganze Zinnober bei einer Begegnung mit einem Ältesten der Zeugen Jehovas. Das Gespräch gipfelte in der Aussage: „Du wirst mit diesem Mann nicht glücklich sein, und wer soll dich dann auffangen, wenn er dich verlässt? Satan wird dich zerstören." – Panikmache in purster Form. Dennoch schaffte es dieser Älteste, dass ich dem Gesagten Aufmerksamkeit schenkte und es hinterfragte.

Den nächsten Treffer landete mein Bruder Friedrich, als er mir bei einem Spaziergang mit dem Auto entgegenkam. Aus seiner Reaktion schloss ich, dass er mich nicht gesehen hatte – falsch gedacht! Gleich nach der Begegnung rief er meine Freundin (auch eine Zeugin Jehovas), die in dieser Umgebung wohnte, an, um zu kontrollieren, ob sie ja keinen Kontakt zu mir hielt. Es hegte die Vermutung, dass ich zu ihr unterwegs war. Entschuldigung, aber der hatte wohl nicht mehr alle Tassen im Schrank! Mich enttäuschte beides gleichermaßen, die Ignoranz und die Kontrolle, er war einmal mein Lieblingsbruder.

Glücklicherweise lenkte mich der Job von diesen Kränkungen ab. Ich war so froh, dass mich mein ehemaliger Chef von der Schweizer Firma kontaktierte, um mich ins Unternehmen zurück zu holen. Obwohl ich jeden Cent umdrehen musste, war meine Existenz mit dem Job gesichert. Jedenfalls bis meine Vermieterin Eigenbedarf anmeldete und ich nach einer anderen Mietwohnung Ausschau halten musste. Ich fand sehr schnell eine tolle Wohnung in der Nachbarstadt, hatte aber mit zusätzlichen finanziellen Belastungen zu kämpfen, wie Vermittlungsgebühr, Bankgarantie und notwendigster Einrichtung. Dazu bezog ich das Urlaubsgeld vorzeitig, was leider für die Bankgarantie nicht ausreichend war. Der Banker wollte mir die Bankgarantie nicht erteilen, weil mein Konto Ende Monat meistens eben ausging. Im gleichen Atemzug fragte er mich doch tatsächlich, ob ich nicht etwas ansparen wolle. Eine etwas derbe Antwort schleuderte ich ihm noch entgegen, bevor ich ihn mit offenem Mund stehen ließ: „Wie soll das funktionieren? Soll ich auf den Strich gehen?" In meiner Verzweiflung bettelte ich meine Mutter um Unterstützung an und sie lieh mir das Geld. Mama erließ mir sofort die Hälfte der Summe und später meinte sie, ich soll auch den Rest behalten. Mir viel ein „Fels" vom Herzen.

Obwohl Georg über meine finanzielle Situation Bescheid wusste, bot er mir absolut keine Unterstützung an. Allein die Idee, übergangsweise zusammen zu ziehen, hätte eine lindernde Wirkung gehabt. Ich fühlte mich im Stich gelassen. Ein wenig Ausgleich schaffte er durch seine Mithilfe beim Umzug und mit Anbringen der Lampen.

Die Zeit verging wie im Flug und der 50. Hochzeitstag meiner Eltern nahte, der mit einem Familienfest gefeiert werden sollte. Mama wünschte sich eine Feier in einem Bergrestaurant mit Musik und Unterhaltungsprogramm und sie erwartete, dass ihre Kinder vollzählig erschienen. Für mich kam eine Teilnahme nach dem verletzenden Verhalten meiner Geschwister absolut nicht in Frage, aber mein Bruder David verstand es recht gut, mich umzustimmen. Im Grunde meines Herzens sehnte ich mich nach meinen Geschwistern, ich hatte ja einige von ihnen jahrelang nicht mehr gesehen, also sagte ich zu. Da hatten wir wohl die Rechnung ohne den Wirt gemacht. Ein Ältester der Versammlung vom Ort intervenierte und drohte den Entzug aller Vorrechte meiner Brüder an, wenn ich als Ausgeschlossene auch erscheinen würde. Birgit und mein Bruder Friedrich konnten es schon von sich aus nicht verantworten, in Kontakt mit mir zu kommen und verweigerten ihre Teilnahme, wenn ich auch anwesend wäre. David fiel die undankbare Aufgabe zu, mir das beizubringen. Er bat mich um ein Gespräch unter vier Augen und war total ratlos. Erst musste er mich überreden, dass ich zusagte und jetzt sollte er mich wieder „ausladen". Ich kam ihm entgegen, indem ich mein Fernbleiben zusicherte. – Mama und Papa ließen sich in bedrückter Stimmung feiern.

So sang- und klanglos ließ ich das aber nicht auf mir sitzen. Ein dementsprechend verfasstes E-Mail schickte ich noch an meinen Bruder und Birgits Ehemann. In ihrem Antwortschreiben schoben sie mir den schwarzen Peter zu. Ihrer Meinung nach, war ich an der ganzen Situation schuld, ich hätte mich ja zurückgezogen, die Familie verlassen. Ich stellte klar, dass ich wohl die Versammlung, aber nicht die Familie verlassen hätte. Aber wenn das eine das andere bedingt, würde ich die Konsequenzen ziehen und somit waren für mich keine verwandtschaftlichen Bande mehr existent. Solche Schwächlinge! Die Ältesten hätten von mir aus Kopfstehen können, ihre Einmischung hätte ich abgelehnt und aus meinem Herzen heraus entschieden. Ein Grund mehr, warum ich nicht mehr in dieses verkappte System der Zeugen passte. Ich musste mir selber zu meinem genialen Schritt gratulieren, dass ich mich davon gelöst hatte.

Leider gab es keinen Schalter, der umgelegt werden konnte. Die „Familiengeschichte" nahm mich psychisch ganz schön her und von Georg kam kein Trost, im Gegenteil. Er und sein Bruder rissen blöde Witze darüber und machten es für mich noch schwerer. In heiklen Situationen lernte ich ganz bizarre Seiten von Georg kennen, die mich sehr tief trafen und enttäuschten.

Auch auf Arbeit brodelte es unterschwellig. Einige leitende Mitarbeiter kündigten bzw. wurden gekündigt und allgemeines Misstrauen breitete sich aus. Die Angst um den Job sorgte für ein gereiztes Arbeitsklima und Unfrieden untereinander. – Noch ein kontraproduktiver Faktor, der meiner psychischen Verfassung nicht gerade zuträglich war. Darum riet mir mein Hausarzt, einen Kurantrag für einen Aufenthalt in der Rehaklinik für seelische Gesundheit in Innerösterreich zu stellen, was ich auch machte, aber nie mit einer Genehmigung rechnete.

Eine kleine Auszeit gönnten wir uns bei einem Kurzurlaub, den wir mit dem Motorrad auf Korsika verbrachten. Die Umgebung und das Flair dort war umwerfend, nur aufkeimende Gefühle der Unzulänglichkeit und des Unerwünscht - Seins trübten manchmal die Stimmung. Ich verstand einfach nicht, warum Georg öfters Betonung darauf legte, dass er niemandes Besitz sei – ich stellte keine Besitzansprüche an ihn. Sich jemandem zugehörig zu fühlen entsprach eher meiner Einstellung und machte doch eine Beziehung aus. Sobald er darauf angesprochen wurde, ob ich seine Frau wäre, fing er an zu lachen und höhnisch zu fragen, ob er denn einen Ring am Finger trage. Er gab mir einfach das Gefühl, ein lästiges, aber zuweilen doch brauchbares Anhängsel zu sein.

Ernsthafte Zweifel kamen in mir auf, als Georg anfing, sein kleines Häuschen zu planen. Mit keiner Silbe erwähnte er, welchen Platz er mir in seiner Welt zugedachte. Gedanken der Ungewissheit, Unklarheit, Unsicherheit und Misstrauen fingen an, mich zu zermürben. Auf Fragen bezüglich Treue oder Zukunftsplanung gab er nur ausweichende Antworten, stellte eine Gegenfrage oder meinte, da käme wieder der „Qualitäter" in mir durch. Auch sein übermäßiger Alkoholkonsum war auffallend. Wenn ich zurückdenke, kann ich mich an keinen Tag ohne sein obligates Bier erinnern, es blieb auch nie bei einem.

Das hohe Aggressionspotential von Georg bestätigte sich immer wieder in den Aussagen über seine sehr laute Nachbarin, wie „Ich bringe sie um, die alte Sau!" Bei einer Begebenheit durfte ich die Folgen seines blinden Jähzorns spüren. Vor lauter Zorn, weil ihm der Vorrang genommen wurde, sprang er vom Motorrad ab und stellte es auf den Seitenständer ohne darauf zu achten, dass ich noch oben saß - ich fiel rückwärts vom Motorrad runter. Leider kam auch sein behinderter Sohn Niki in den Genuss seiner Aggressionen und seiner Härte. Die Kappe war seinem Sohn abhandengekommen und schon zuckte Georg aus, packte ihn am Kragen und beschimpfte ihn, sodass Niki herzzerreißend zu weinen anfing. Es war sicher nicht erfreulich, dass Niki öfters mit total kaputten Socken zu Besuch kam. Georg blieb hart, gab ihm keine Socken von seinem Vorrat, obwohl Niki ständig verkühlt und es noch ziemlich kalt war. – Alle diese Ereignisse wurden von mir wortlos registriert und meine Einstellung zu Georg neu überdacht.

Ich traute meinen Augen nicht, als ich die Genehmigung für den 6-wöchigen Reha-Aufenthalt erhielt. Freude darüber wollte aber nicht aufkommen, denn ich war eigentlich noch nie alleine so weit gefahren. „Wir bekommen dich schon irgendwie dort hin", meinte Georg und ich schöpfte Hoffnung, dass er mich vielleicht dorthin begleiten würde. Weit gefehlt! Er lieh mir sein GPS und drückte mir noch zusätzlich eine Anfahrtsbeschreibung in die Hand. Mehr war nicht drin.

Die Hoffnung stirbt zuletzt – vielleicht würde sich mein psychischer Zustand in den sechs Wochen ja wirklich verbessern. So konnte es auf keinen Fall bleiben, ich zweifelte alles an. Mein gesamtes Umfeld schien sich gegen mich verschworen zu haben und ich musste feststellen, dass Vieles mehr Schein als Sein war.

An manchen Abenden, an denen ich alleine zu Hause war, schrieb ich mir meinen Kummer von der Seele. Nachfolgend ein paar Auszüge aus „Gedanken des Tages":

Wo soll ich anfangen? Es heißt, dass Schreiben hilft, Spannungen abzubauen. Dauernde Traurigkeit nimmt mich ein. Kaum bin ich eine Minute nicht abgelenkt, schleicht sie in mir hoch, die Angst und diese Traurigkeit. Sie lähmt mich, lässt mich keinen klaren Gedanken fassen und drängt mich ins Irreale. Warum werde ich vom innersten Wesen her in die Position gedrängt, alles nur negativ zu sehen? Immer das halbleere Glas anstatt das halbvolle zu sehen?

Ich war überzeugt, in Georg meinen Traumpartner gefunden zu haben – er löst in mir total unbekannte Empfindungen und Wünsche aus. Niemals hatte ich den Wunsch mit einem Mann zusammen zu wohnen, sogar das Alltagsleben zu teilen. Nun scheint es so zu sein, dass diese Gefühle einseitig wären. Wir fühlen uns zueinander gehörend bis auf Widerruf. Das tut unheimlich weh und löst wieder mehr Angstgefühle aus. Ich möchte dieses Gefühl des „Abserviert-Seins" nicht erleben, lieber vorher gehen, aber auf meine Weise. Wenn ich wirklich mit Hilfe von Medikamenten gehen sollte, darf er das nicht persönlich nehmen. Das ist meine Entscheidung und mein Leben. Ich habe es zwar meinen Kindern versprochen, dass so etwas nicht mehr vorkommt. Aber wie soll ich wirklich leben? Mit dem Wunsch gehen zu wollen, übrig zu sein und auf der andren Seite gezwungen, wegen eines Versprechens hier zu bleiben und nur zu funktionieren?

Es stellt sich hier schon die Frage, ob der letzte Ausweg oder Lösung wirklich der Tod ist. Will ich allen Ernstes sterben? Ich würde es wieder drauf ankommen lassen: Eine Überdosis nehmen und alles Weitere dem Schicksal überlassen. Wenn ich gefunden und gerettet werde, hat es so sein müssen und wenn nicht, war es auch richtig so. Immer wieder muss ich an diesen Tag denken, als ich die erste Überdosis genommen habe. Es war so einfach und so leicht. Kein Herzklopfen, keine Angst, einfach nur das Gefühl der Leichtigkeit – bis ich in der Geschlossenen aufgewacht bin. Wenn ich wieder dorthin käme, würde ich alle Medikamente verweigern und einfach abhauen, untertauchen. Ohne Belastungen und drückende Pflichten leben, das wäre vielleicht eine bessere Art des Daseins.

Jetzt gehe ich im Gedanken einen Schritt weiter: Georg würde dann voraussichtlich nicht mehr zu mir stehen. Vielleicht bin ich sowieso nicht die Richtige für ihn? Für ihn wäre eine gute Motorradfahrerin perfekt. Eine, die ihr eigenes Leben lebt und bei Lust und Laune mit ihm zusammen ist, ohne irgendwelche Bindungsgefühle. – Ach, ich habe keine Ahnung, wie er fühlt, was er wirklich will. Marlis meint immer, er sollte sich glücklich schätzen eine wie mich zu haben und alles daransetzen, mich zu halten. Ich weiß gar nicht, was an mir so toll oder was das wert sein soll.

Ergo werde ich weiterhin in der Schweiz arbeiten, Tag für Tag, Jahr für Jahr ... meine Pflichten erfüllen, den Erwartungen anderer entsprechen und dabei innerlich schon lange tot sein. Alleine den aufgezwungenen Kampf des Vegetierens bestreiten, bis eine Entscheidung fällt und etwas/jemand sagt: es ist genug.

Wer kann mir bitte den Lebenssinn verraten oder besser davon überzeugen? Bis heute habe ich keinen gefunden.

05.03.2007

Heute ist wieder ein ganz komischer, abgedrehter Tag. Widerstreitende Gefühle spielen in mir Achterbahn, nur mit dem Unterschied, dass es keine Hintertür gibt. Diese hab' ich einfach geschlossen, indem ich die gesamten Medikamente, die für meinen Suizid aufbehalten wurden, zur Apotheke gebracht habe.

Jetzt stehe ich da, so verloren und weiß nichts mit mir selber anzufangen. Ich muss einfach lernen, ein eigenes Leben zu führen, das von niemanden abhängig ist: Ich freue mich über und mit meinen Kindern, bin stolz auf sie ... und lasse sie frei, lasse sie los. Das Zusammensein und die Liebe von Georg genieße ich auch sehr, freue mich an jeder Sekunde ... und lasse ihn frei, lasse ihn los. Wenn das so einfach wäre. Jahrzehntelang habe ich sämtliche Le-

bensentscheidungen und Kleinentscheidungen von jemanden anderen machen lassen und mich dem gefügt. Tief drinnen habe ich gespürt, dass es nicht authentisch ist.

Mein erster Schritt in mein autarkes Leben ist die Fahrt zur Reha. Zuerst hatte ich richtig Angst, alleine so weit zu fahren, ist ja schließlich meine erste einsame Fahrt. Mit dem GPS von Georg werde ich schon hinfinden, hätte auch so hingefunden. Als der Wunsch von Georg begleitet zu werden zerschlagen wurde, war ich sehr enttäuscht, aber ich bin ja lernfähig und kann mich schnell dem Schicksal fügen. Also habe ich mich schon psychisch und physisch darauf eingestellt. Dann habe ich ja genug Zeit meinen Gedanken nachzuhängen und meinen Gefühlen freien Lauf zu lassen.

So, nun sitze ich allein zu Hause vor meinem Computer und denke nach, ob ich vielleicht Georg enttäuscht habe oder ob er die Nase von mir gestrichen voll hat ... und das, obwohl er mich gestern (zwar unter Alkoholeinfluss) als Traumfrau bezeichnet hat! Mann, hat das gutgetan. Ich lechze ja förmlich nach solchen Seelenschmeichlern und Streicheleinheiten.

Aber im Großen und Ganzen geht es mir recht gut. Bin froh, wenn ich dann die sechs Wochen Auszeit habe. In der Firma läuft es so unkontrolliert ab ohne einen Chef. Allen scheint der Boden unter den Füßen weggezogen worden zu sein.
Also dann, ich beende hier und danke aus tiefstem Herzen für meine tollen Kinder und für Georg – Schön, dass es sie gibt.

06.08.2007

IX. Einsam und verlassen

... LIEBER NICHT!

Es sind da zwei besondere Kinder, ein Job,
eine Wohnung, ein Freund – Gott Lob! –
Ja, was will ich eigentlich mehr? –
Einfach keine Leere mehr!

Mein Umfeld berührt mich innerlich kaum,
fühle mich wie in einem nie endenden Alptraum.
Ich sehne mich nach Zuneigung, Geborgenheit,
wärmende Nähe und nach Sicherheit.

Dennoch macht es mir Angst,
das zu bekommen und zu genießen.
Es wird mir schlussendlich
wieder grausam entrissen.
Darum blocke ich lieber gleich alles ab
und finde endlich Ruhe und Frieden
in meinem Grab.

18.09.2007

Am Abend vor meiner Abfahrt zur Rehaklinik lud mich Georg zu einer „Abschieds-Pizza" ein. Wir sprachen über allgemeine Themen und hatten uns eigentlich nicht viel zu sagen. Auf dem Parkplatz verabschiedeten wir uns in einer Weise voneinander, als ob es schon am nächsten Tag ein Wiedersehen geben würde. War das vielleicht seine Reaktion darauf, dass ich die letzte Nacht nicht bei ihm verbrachte? – Egal, mir war meine Tochter viel wichtiger und sie wartete zu Hause schon auf mich.

Melanie und ich konnten kaum schlafen, weil uns die Trennung sehr schwer fiel. Meine Kleine stand sogar mit mir auf, richtete mir Jausenbrote und etwas zum Trinken als Wegzehrung.

Nun war es so weit, wir standen beide vor dem Auto. Nochmals umarmen und nochmals, wir konnten einfach nicht voneinander lassen. Wir hielten uns ganz fest und ließen den Tränen ihren Lauf. Am liebsten hätte ich Melanie mitgenommen. Schweren Herzens stieg ich ein und fuhr los. Ich war keinen Kilometer gefahren, als mich schon das erste SMS von Melanie, mit dem Wortlaut „Ich vermisse dich jetzt schon und werde dich jede Sekunde vermissen. Ich liebe dich.", erreichte. Durch den Tränenschleier konnte ich die Straße kaum erkennen.

Ohne Probleme kam ich bei der Rehaklinik in Innerösterreich an. Nach einem großen Durcheinander erfolgte die Zimmerzuteilung und ich landete mit Lisa, die an Panikattacken litt, in einem Zimmer. Lisa beherrschte die Kunst, andere auszuhören und das Gehörte rücksichtslos zu ihrem Vorteil zu nutzen, perfekt. Sie entpuppte sich als Quasselstrippe „hoch drei" und ich hoffte innigst, dass wir nicht der gleichen Hauptgruppe zugeordnet würden. Ich wurde erhört.

In der ersten Woche fanden sämtliche Erstgespräche und Therapie-Vorstellungen statt, bis wir dann unseren persönlichen Therapieplan erhielten. Mein Vorarlberger Dialekt bedeutete Segen und Fluch zugleich. Segen, weil ich vor mich hin schimpfen konnte, ohne verstanden zu werden und Fluch, dass sehr viel missverstanden wurde, was gravierende Folgen nach sich zog.

Manche Therapieformen kamen schon einer Zwangsbeglükkung gleich, sagten mir gar nichts. Ich vermisste die Möglichkeit zur Entfaltung der Individualität und zog mich innerlich total zurück. Über Druck oder Zwang etwas über meine Gefühlswelt zu erfahren, war der falsche Weg, ich stellte mich quer und schloss die Therapeuten erst recht davon aus. Schubladisieren war der richtige Ausdruck für die gesetzten Aktionen der Therapeuten. Wurde nur ein Punkt eines Kriteriums erfüllt, wurde man kategorisiert und in die entsprechende Schublade gesteckt – auf meiner stand Borderline drauf.

Ich passe absolut nicht in dieses Umfeld, denn der Großteil der Patienten stand nicht im Berufsleben und war mit Medikamenten zugedröhnt. Meine Bücher boten die beste Möglichkeit zum Rückzug, zudem wurde uns noch ein Internetzugang geboten. Täglich stöberte ich im Motorradforum herum, dem auch Georg und ich angehörten. Auf diesem Weg brachte ich in Erfahrung, dass sich Georg für ein Treffen in der Schweiz angemeldet hatte und sogar selbst ein Treffen bei seinem Gartenhäuschen organisierte. Also blieben nur noch zwei Wochenenden frei, an denen er vielleicht Zeit für einen Abstecher hierher zu mir hätte. Meine „Ansprüche" diesbezüglich konnten eher als bescheiden bezeichnet werden, ich wäre schon mit einem Besuch von Georg überglücklich gewesen. Eine Mitpatientin aus Vorarlberg erhielt an jedem Wochenende Besuch, aber ich war Georg nicht Mal ein einziger Besuch wert. In meinem ganzen Leben habe ich mich noch nie so einsam und verlassen gefühlt. Mir verschlug es den Appetit, ich konnte und wollte nichts mehr essen. Volle vier Wochen hielt ich das durch, lebte nur von Kaffee, Kakao und Orangensaft. Das Hungergefühl empfand ich als toll, es war viel schöner als das Sättigungsgefühl. Ich genoss es, wenn sich die Knochen immer mehr abzeichneten. Zugegeben, manchmal raubte mir der Hunger und Magenschmerzen in der Nacht den Schlaf, aber Lisa sorgte sowieso dafür, dass ich nicht schlafen konnte. Sie sah bis lange in die Nacht fern, stellte ihren MP3-Player auf volle Lautstärke, ließ Türen knallen, redete ständig vor sich hin und legte ihr Handy so auf den Nachttisch, dass das ganze Zimmer mit Flackerlicht durchflutet wurde, sobald eine SMS ankam.

Durch die von Georg erlittene Enttäuschung übermannte mich eine fast unerträgliche Leere, sodass ich anfing, mir durch Ritzen der Unterarme Schmerzen zuzufügen, um überhaupt etwas zu spüren. Georg traute ich nun nicht mehr, war auch überzeugt, dass er fremdging. Der Gedanke beschäftigte mich dermaßen, dass ich einmal glaubte, seine Stimme an meinem Ohr zu hören, die sagte: „Ich hab' dir nichts versprochen, wir haben nichts vereinbart." Dieses Erlebnis drückte mich noch weiter runter. Ich konnte mich für nichts mehr begeistern, äußerte sogar Selbstmordgedanken.

Nebenher kam ich noch in den Genuss des Lügentalents meiner Zimmergenossin. Wie konnte man nur so falsch sein? Ihre Medikamente entsorgte sie über das WC, täuschte aber vor, diese wegen ihres schlechten Zustandes zu brauchen. Das diente nur zu dem Zweck, die Verlängerung ihres Pensionsanspruchs zu sichern. Bei jeder Visite tischte sie ein neues Lügenmärchen auf, einmal hatte sie unter Panikattacken, das andere Mal unter Migräneanfällen zu leiden. Die größte Lüge war wohl ihr Verhältnis mit einem

Mitpatienten, obwohl sie sich in einer festen Beziehung befand. – Langsam stellte ich eine Gefahr für sie dar, weil ich schon zu viel über ihre Untaten wusste, also musste sie mich eliminieren.

Lisa fand die perfekte Lösung: Sie erinnerte ihre Therapeutin wieder an ihr Trauma, das sie erlitten hatte, als sie eine Freundin erhängt auffand. Dieses Trauma machte ihr noch so zu schaffen und ich würde auch noch von Selbstmord reden, das wäre eine zu große Belastung für sie. Auf diese Aussagen hin, wurde ich ins Büro zu einem Gespräch zitiert, bei dem mein Bezugstherapeut, die psychologische Leiterin und eine Ärztin anwesend waren. Nach einer erstellten Suizidskala würde große Gefahr in Verzug sein, dass ich mir ernsthaft etwas antäte und ich würde eine Zumutung für einige Mitpatienten darstellen, daher müsse ich in die Psychiatrie eines nahegelegenen Krankenhauses überstellt werden. Man würde mich zwangseinweisen, wenn ich nicht zustimmen würde. Wo war da die Fairness? Ich reagierte sehr aggressiv, weil ich mich verraten und abgeschoben fühlte. Mein Bezugstherapeut saß nur stumm da, zwischen der Ärztin und mir bestand eine gegenseitige Antipathie und die psychologische Leiterin kannte ich überhaupt nicht – also keine gute Basis für eine faire Behandlung. Zudem wurde die Drahtzieherin des Ganzen, Lisa, gar nicht hinzugezogen.

Unter Tränen packte ich meine Sachen und zitterte am ganzen Körper. Die waren sich wirklich nicht bewusst, wie sehr sie mich verletzten. Es wurde mir sogar noch eine Pflegerin beigestellt, um einem Verschwinden meinerseits vorzubeugen. Mit der Rettung wurde ich in das Krankenhaus überstellt, wo ich wirklich wie ein Mensch mit Gefühlen behandelt wurde. Ich wollte so schnell wie möglich entlassen werden und nahm sogar eine Medikation in Kauf. Von der Überstellung erzählte ich Georg nichts am Telefon, auch nicht, dass ich voraussichtlich einen Tag eher nach Hause kommen würde.

Es klappte tatsächlich und ich befand mich einen Tag früher als geplant auf dem Heimweg. Ich freute mich riesig auf meine Kinder, wäre am liebsten heim geflogen. Wie Balsam auf meiner wunden Seele wirkte Melanies Reaktion, als sie mich sah. Der erste Weg führte mich nämlich an ihren Arbeitsplatz. Sie sprang auf und rannte mir entgegen, während sie rief: „Meine Mama!" Weinend vor Glück fielen wir uns in die Arme, ich war daheim.

Georg rief mich an und war sehr enttäuscht, dass er mich zu einem Treffen fast überreden musste. Ich meinte nur, dass ein Tag mehr oder weniger nicht ins Gewicht fallen würde, schließlich hätte ich die sechs Wochen auch überstanden. Bei meinem Anblick war Georg ein wenig entsetzt, weil ich so dünn geworden war. Für mich war es ein Triumph. Wir gingen zusammen etwas trinken, zu mehr war ich nicht fähig. Ich schlief zu Hause in meinen eigenen vier Wänden.

Zwei Tage später ging ich wieder zur Arbeit, der Alltag hatte mich wieder. Aber etwas hatte sich verändert: Ich fing an, ein von Georg unabhängiges Leben zu führen und mein Augenmerk auf das zu richten, was für mich wichtig war, ohne Rücksicht auf ihn.

Ein paar Wochen später erhielt ich den Abschlussbericht der Rehaklinik, über den ich mich maßlos aufregte und mit einem Gegenbericht konterte. Nachstehend einige Auszüge daraus:

Eigenanamnese:

Eigenamnestisch gibt die Pat. an, dass es ihr erstmalig im Jahre 1989 nach der Eheschließung nicht mehr richtig gut gegangen sei. Die Ehe sei sehr belastend gewesen, da ihr Partner lieblos gewesen sei. Er habe sie schlecht behandelt und beschimpft: „Du bist ja dumm, du bist ja blöd." Die Pat. entwickelte hierdurch eine Niedergeschlagenheit und Traurigkeit. Die Pat. begab sich zum Institut für Sozialdienste in ambulante Betreuung. Sie wurde fast ein Jahr behandelt mit einmaligem Kontakt pro Woche. Diese Therapie half ihr, die Beziehung wiederum zu tolerieren, sie konnte 13 Jahre „durchhalten". Die Ehe wurde dann im Jahre 2002 geschieden. Eine stat. Behandlung erfolgte während der Zeit der Ehe nie, auch eine fachärztliche Behandlung wurde nicht in Anspruch genommen. Die Pat. gibt an, sich mit der Scheidung nicht so recht auseinander gesetzt zu haben. Die Pat. verblieb nach der Scheidung in dem mit dem Gatten erbauten Haus, sie versuchte sich abzulenken, indem sie viel sportelte sie ging ins Fitnessstudio (3 Std./Tag), begann zu laufen, Rad zu fahren, begann mit Kickboxausbildungen, Taek-won-do, außerdem nahm sie Tanzstunden. Weiters absolvierte sie eine Ausbildung als Gruppentrainerin im Fitnessstudio. Sie versuchte einerseits, sich von der Folge der Scheidung abzulenken, habe auch das Training und den Muskelschmerz als angenehm empfunden, als Mittel, sich überhaupt zu spüren. Aktive Selbstverletzungshandlungen erfolgten nicht.

  Im Jahr 2006 arbeitete die Pat. als Betriebsleiterin in einem Fitnessstudio, in dieser Zeit verkaufte sie ihre Haushälfte an den Exmann, die beiden Kinder blieben im Haus beim Vater. Die Tätigkeit im Fitnessstudio sei ihr Ruin gewesen, finanziell und in allem, sie sei mit dem Betreiber des

Fitnessstudios in einer Geschäftsfreundschaft gestanden, habe dort viel zu wenig verdient, nämlich nur € 1.000,00 bei € 1.000,00 Fixkosten, sie habe sich völlig ausgepowert, es sei alles für sie sehr enttäuschend verlaufen. Die Pat. unternahm 2006 einen Selbstmordversuch durch die Einnahme von Tabletten, zwei Faustvoll verschiedenster vorhandener Medikamente. Die Pat. wurde dann ins Landeskrankenhaus aufgenommen, nachdem sie dort bei der letzten ambulanten Kontaktnahme einen Abschiedsbrief gezeigt und deswegen stat. aufgenommen worden war. Die Pat. blieb dann 6 Wochen stationär, es ging ihr dann nicht gut, sie blieb ein halbes Jahr im Krankenstand und war in dieser Zeit arbeitslos. Sie nahm im Februar wieder eine Tätigkeit im Qualitätsmanagement bei einer Schweizer Firma auf. Die Pat. gibt an, dass es ihr dzt. wieder besser gehe, sie nehme keine Medikamente mehr. Die Stimmungslage sei eine Achterbahn, das sei himmelhoch jauchzend und zu Tode betrübt, die Stimmung schlage mehrmals am Tag um. Die Pat. gibt an, in letzter Zeit auch wieder Selbstmordgedanken gehabt zu haben, sie habe die seit dem Selbstmordversuch nie ganz abgelegt, sie stellte sich vor, wieder Medikamente zu nehmen, oder dass sie irgendwo, wenn sie mit dem Motorrad fahre, einen Unfall verursachte. Sie sei noch traurig, da sie keinen Lebenssinn finden könne. Sie sei eher froh, dass die Ehe vorbei sei, habe auch einen guten Kontakt zum Exmann. Sie sei früher Zeuge Jehovas gewesen, sie sei seit September des Vorjahres weg. Sie sei hierdurch bei ihren Eltern und Geschwistern, die alle auch Zeugen Jehovas seien, nichts mehr wert, dadurch, dass die von den Zeugen Jehovas weggegangen sei, sei sie in schlechter Gesellschaft aus der Sicht ihrer Verwandtschaft. Sie habe irgendwie das Gefühl, sich für ihre ganze Familie aufgeopfert zu haben, weil die sie quasi verstoßen hätten. Weiters gibt die

Pat. an, unter Angst- und Panikattacken zu leiden, das trete zweimal pro Woche auf, solche Attacken dauern nur einige Minuten und kommen dann meistens von selbst zum Stillstand. An sonstigen Beschwerden leide sie unter Schlafstörungen, sie könne nicht gut durchschlafen, sie erwache 4-5-mal pro Nacht, liege dann eine Viertel- bis halbe Stunde munter. Außerdem leide sie unter finanziellen Belastungen, müsse € 400,00 Alimente für die Kinder zahlen, komme, obwohl sie voll arbeite, nur schwer über die Runden.

Status psychicus:

Pat. ist ansprechbar, klar orientiert, die Stimmungslage ist depressiv, der Antrieb herabgesetzt, die affektive Modulationsfähigkeit eingeschränkt, es besteht eine emotionale Affizierbarkeit vornehmlich im negativen Skalenbereich, keine auff. Kognitiven oder amnestischen Leistungseinbußen, keine produktive oder suizidale Symptomatik.

Psychologisch-psychotherapeutischer Abschlussbericht, Bezugstherapeut:

Frau Kraft ist zunächst verschlossen, unzugänglich und antwortet nur ungern und kurz und knapp auf Fragen. Sie ist entschlossen sich in der störungsspezifischen Hauptgruppe nicht einzubringen. Im Laufe der Zeit öffnet sich die Pat. und es gelingt ihr, sich mehr und mehr in der Gruppe zu äußern. Dabei ist sie sehr hilfreich für andere im Entwickeln von kreativen Ideen und Lösungen oder im Trösten von anderen in schwierigen Situationen. Frau Kraft hat während des gesamten Aufenthalts starke Stimmungsschwankungen und verweigert grundsätzlich das Essen mit der Begründung, der Hungerschmerz tue ihr gut. Generell klagt die Pat. darüber, ihren Körper nicht zu spüren.

Während ihres 6-wöchigen Aufenthalts zieht sich Frau Kraft einerseits zurück (sie liest oder schläft), andererseits ist sie gut in der Gruppe integriert und eine geschätzte Gesprächspartnerin. Sie unterhält einige soziale Kontakte an der Klinik.

In den Einzelgesprächen zeigt sich die Pat. von Beginn an gut erreichbar, gesprächsbereit und sehr reflektiert. Gesprächsthemen sind ihr Selbstwert und die immer wieder erfolgenden Abwertungen seitens ihrer selbst und ihres Umfelds (Mutter, Exmann) sowie ihre Todessehnsucht und die sich aufdrängenden Suizidgedanken. Bei genauerem Hinterfragen weichen sich die Suizidabsichten auf. Es werden während der Therapieaufenthaltes 2 Suizidskalen angelegt, wobei es in der letzten Woche vor der Entlassung zur Einnahme von ca. 30 homöopathischen Dragees und zum leichten Ritzen an den Handgelenken kommt. Ihr Umfeld, insbesondere ihre Zimmernachbarin, ist aufgrund der von der Patientin mitgeteilten Suizidabsichten stark belastet und das Verhalten von Frau Kraft ist auch in anderen störungsspezifischen Gruppen ein großes Thema. Die Pat. geht nach einem Gespräch mit der Oberärztin und zwei Therapeuten freiwillig zu ihrem eigenen Schutz in die Psychiatrie des nächst gelegenen Krankenhauses.

<u>*Therapieempfehlungen:*</u>

Frau Kraft wird empfohlen, eine fachärztliche Behandlung und eine ambulante Einzelpsychotherapie in Anspruch zu nehmen.

Fachärztliche Zusammenfassung des Rehabilitationsverlaufes, Primar:

Am Beginn des stationären Aufenthalts zeigte sich bei der Pat. eine Reduktion der Stimmungslage, eine Herabsetzung des Antriebes, eine Einschränkung der affektiven Modulationsfähigkeit sowie eine auf den negativen Skalenbereich vornehmlich beschränkte emotionale Affizierbarkeit. Die Pat. zeigte sich in stark reduziertem Ausmaß motiviert an den therapeutischen Prozessen im Hause teilzunehmen, fußend auf einer Grundannahme, dass ohnehin niemand erkennen könne wie schlecht es ihr gehe und dass eine Veränderung somit nicht erreichbar sei. Es zeigte sich das Bild einer aggressiven, regressiven Grundhaltung mit einer deutlichen Tendenz, Therapeuten ins Unrecht zu setzen. Die Pat. verweigerte über weite Strecken dem Bezugstherapeuten als auch den visitierenden Ärzten gegenüber die Auskunft über ihre Befindlichkeit mit der stereotypen Antwort, dass es ihr gut gehe und alles in Ordnung sei, nicht ohne in nächstem zeitlichen Abstand der Zimmerkollegin und Mitpatienten gegenüber über Suizidgedanken zu sprechen bzw. mit einem Suizid zu drohen. Es wurde aus diesem Grunde eine Suizidskala geführt. In der Zwischenzeit zeigte sich die Pat. affektiv besser erreichbar, zugänglicher, trotzdem bestand eine stark eingeschränkte Bereitschaft, therapeutische Prozesse in Angriff zu nehmen. Insgesamt zeigte sich eine ausgeprägte Enttäuschung über das im Leben bisher Erreichte. Die Pat. litt stark unter einer Orientierungslosigkeit nach Wegfall ihres Bezugsumfeldes bei den Zeugen Jehovas, von denen sie sich gelöst hatte. Es hatte sich hierdurch eine starke Abwertungstendenz von Seiten ihrer Ursprungsfamilie (insbesondere ihren Eltern und Geschwistern, die weiterhin Zeugen Jehovas sind) ergeben. Die Pat. hatte im Zusammenhang mit dem Leben bei dieser Religionsgemeinschaft das Gefühl, sich aufgeopfert zu haben und hierfür viel Energie aufgewendet zu haben, ohne genug zurückbekommen zu haben. Ebenso hatte sich ihre mit hoher Ambition begonnene Tätigkeit als Geschäftsführerin eines Fitnessstudios letztlich als erfolglos herausgestellt. Die Pat. hatte auch während ihrer 13 Jahre währenden Ehe vielfältige Abwertungen erfahren. Im Vordergrund standen während des Aufenthaltes ausgeprägte Stimmungsschwankungen, zwischenzeitlich auch auftretende Angstattacken sowie eine Schlafstörung. Insgesamt besserte sich der Allgemeinzustand wobei sich jedoch schließlich zeigte, dass die von der Pat. nur zögerlich begonnenen therapeutischen Prozesse während des stationären Aufenthaltes keinesfalls zum Abschluss kommen würden, es wurde unsererseits eine Verlängerung des stationären Aufenthaltes angedacht. Die Pat. äußerte Mitpatienten gegenüber wiederum Suizidgedanken, hatte auch vor ihrer Mitpatientin homöopathische Medikamente in größerer Zahl eingenommen. Es wurde schließlich in einem Gespräch mit dem Bezugstherapeuten, einer Oberärztin und einer Therapeutin das weitere Procedere mit der Pat. geklärt, mit der Entscheidung die Pat. zur weiteren Beobachtung an die geschlossene Abteilung des nächst gelegenen Krankenhauses, im Sinne eines Eintrittes auf Verlangen durchzuführen.

Abschlussdiagnose:

1. Anpassungsstörung mit im Vordergrund stehender emotionale Symptomatik
2. Rezidivierende Depression schwer

3. Status post Suizidversuch
4. Narzisstische Persönlichkeitsstörung

Mein Gegenbericht:

An das gesamte Betreuungs-Team!

Zuerst danke für die Zusendung des Arztbriefes, der Anlass meines Schreibens ist. Ich ersuche sie ganz höflich, dieses an die zuständigen Personen weiter zu leiten, denn auch ich möchte einen Abschlussbericht bzw. Stellungnahme beisteuern. Nachfolgend finden Sie meine Kommentare zu den Punkten im Abschlussbericht:

<u>*Zu Eigenanamnese:*</u>

Durch den Vorarlberger Dialekt ist es allem Anschein nach zu Verständnisproblemen gekommen.

Ich habe generell an allen gruppendynamischen Kursen (Tae-Bo nicht Taek-won-do) vom Fitness-Center teilgenommen.

Bei der letzten Kontaktaufnahme im Krankenhaus habe ich keinen Abschiedsbrief gezeigt. Der zuständige Arzt ist nach Rückfragen dahintergekommen, dass ich mich am Vortag innerlich von allen verabschiedet habe.

Seit ich mich von den Zeugen Jehovas selbst ausgeschlossen habe, stelle ich einen schlechten Umgang für meine Herkunftsfamilie dar. Ich habe mich für meine Familienangehörigen aufgeopfert, bei der einfach keine engen Familienbande existieren. Das hat absolut nichts mit der Religion zu tun.

Leider geschieht es oft, dass gleich Schlussfolgerungen gezogen werden, sobald der Begriff „Jehovas Zeugen" fällt. Ich bitte da fair zu bleiben.

Zu Psychologisch-psychotherapeutischer Abschlussbericht, Bezugstherapeut

Es lag nicht in meiner Absicht, mich in der störungsspezifischen Hauptgruppe nicht einzubringen. Ich hatte eigentlich das Empfinden, dass ich mich ständig geäußert habe. Es sollte doch jeder die Möglichkeit haben, etwas persönlich beizutragen. – Manche Themen bzw. gewählte Tätigkeiten der Therapeuten sind mir leider total nicht gelegen, was bei jedem „Gesunden" sicher auch der Fall wäre. Außerdem ist „Sich-Abgrenzen-Können" doch auch ein kleiner Therapieerfolg, oder?

Keinesfalls wollte ich einen Mitpatienten mit meiner „lockeren Einstellung zum Tod" belasten. Ich möchte aber betonen, dass ich nie die Initiative ergriffen habe und andere mit meinem Todeswunsch überfallen hätte. Meine Äußerungen bzw. meine SMS sind als ehrliche Antwort auf Anfragen erfolgt.

Dass ich „freiwillig" nach einem sogenannten Gespräch mit der Oberärztin in die Psychiatrie im nächst gelegenen Krankenhaus gegangen bin, ist schlichtweg eine Lüge. Unter Druck wurde ich zu einer solchen Entscheidung gezwungen oder man hätte mich Zwangs eingewiesen.

Zudem kommt noch eine gegenseitige Antipathie bei dieser Oberärztin, die mich absolut nicht gekannt hat (1 Visite lang). Ehrlich gesagt, hat mich diese Abschiebung tief verletzt, habe mich von meinem Bezugstherapeuten im Stich gelassen gefühlt.

<u>Zu Fachärztliche Zusammenfassung des Primars:</u>

Nachdem ich im Berufsleben voll integriert bin, war ich sozusagen „überqualifiziert" für die therapeutischen Maßnahmen. Viele Patienten haben zum großen Lob der Klinik sehr viel Nutzen gezogen – somit wir nach diesen 6 Wochen annähernd auf gleichem Level wären. Außerdem habe ich nie andeuten wollen oder nie wortwörtlich gemeint, dass niemand erkennen könne, wie schlecht es mir gehe! Es ist mir doch wirklich gut gegangen, bis ich bewertet, zugewiesen und abgestempelt wurde. Sämtliche Therapeuten haben sich sehr bemüht und persönliches Interesse an den Patienten gezeigt – warum sollte ich sie ins Unrecht setzen wollen? Kritik sollte doch gerade von „Ausgebildeten" als Chance zur Verbesserung gesehen werden und eine eindeutige Aussage an mich hätte Vieles vermieden.

    Nach wie vor nehme ich das Recht der Meinungsfreiheit in Anspruch – auch wenn meine Einstellung zu meinem Leben bizarr erscheint. Was soll ich mit einer „Suizidandrohung" bewirken? Ich erwarte doch von niemanden etwas bzw. möchte von niemanden etwas auf solche Weise erzwingen. Dieser Satz des Primars trifft mich ganz schön hart. Warum hat man mir in Anwesenheit der betroffenen Personen nie die Möglichkeit einer Bereinigung dieser Sache gegeben? Das wäre gerecht gewesen!

    Orientierungslosigkeit nach Wegfall meines Bezugsumfeldes bei den Zeugen Jehovas ist schlichtweg eine falsche Schlussfolgerung. Mein Rückzug von den Zeugen hat über eine lange Zeitspanne gedauert (ca. 6 Jahre). Wie schon gesagt, habe ich mich für meine Herkunftsfamilie sehr eingesetzt, nicht für die Religion. Leider existieren bei dieser Familie keine Familienbande, es gibt einfach keinen Zusammenhalt wie bei vielen anderen. – Damit habe ich mich bereits abgefunden.

Nachdem ich über das Trauma meiner Zimmernachbarin Bescheid gewusst habe, hätte ich ihr es niemals zugemutet, dass sie etwas in Richtung von Suizid live mitbekommen hätte. Das heißt, dass ich die homöopathischen Medikamente nicht vor ihr eingenommen habe. Die habe ich morgens im Bad vor der Morgenaktivierung genommen, während meine Zimmernachbarin noch geschlafen hat.

Abschließend noch ein offenes Wort:

Zum Zeitpunkt dieses „Gespräches" bezüglich Überstellung in die Psychiatrie war ich zutiefst betroffen, verletzt und enttäuscht. Ich habe mich so überflüssig, schlecht und falsch verstanden gefühlt, dass ich auf der Stelle sterben wollte. Es ist schon paradox, dass gerade Ärzte und Therapeuten diesen Wunsch ausgelöst haben.

Meine Zimmernachbarin hat alles Erdenkliche (Lügen über angebliche Panikattacken, Migräneattacken, Medikamente über WC entsorgen) unternommen, damit ihr die Frühpension erhalten bleibt. Keine Nacht hatte ich Ruhe, weil ihr Handy ständig wegen SMS ihres Kurschattens (ein verheirateter Mann aus ihrer Hauptgruppe) geleuchtet hatte. Oder ich kam in den Zwangsgenuss ihrer Musik vom MP3-Player oder TV, von Türen-Zuknallen und ständigem Jammern mal abgesehen.

An diesem Punkt möchte ich schließen. Es war mir ein großes Anliegen, meine Sicht der Dinge zu zeigen. Beleidigungen oder falsche Beschuldigungen sind nicht der Zweck dieses Schreibens. Ich möchte mich auf diesem Wege entschuldigen, falls ich es trotzdem getan habe. Es war und ist nicht meine Absicht.

Ich wünsche Ihnen allen wunderschöne Zeiten und viel Erfolg in all Ihrem Tun.
Liebe Grüße
Corinna Kraft

X. Blick in den Abgrund

In den sechs Wochen meiner Abwesenheit wurden extreme Umstrukturierungen in der Firma durchgedrückt. Mein Vorgesetzter wurde aus seinem Einzelbüro ausquartiert und mit dem ehemaligen Produktionsleiter, der zum Werksleiter aufgestiegen war, zusammengelegt. Dieses Büro lief unter der Bezeichnung „Task force". Trotzdem lief in der Firma alles durcheinander, das Chaos brach aus.

Bei einem Vier-Augen-Gespräch teilte mir mein Vorgesetzter unter vorgehaltener Hand mit, dass er meine Mitarbeiterin Anika bald kündigen würde, worüber sie noch nicht Bescheid wüsste, aber ich müsste um meinen Job keine Angst haben. Toll! Im Grunde wusste jeder von dieser Kündigung, nur die betroffene Person war ahnungslos. Ich war in deren private Situation involviert und fand es nur fair, ihr vom Vorhaben unseres Vorgesetzten zu erzählen. Der permanenten Falschheit und Verlogenheit in diesem Unternehmen bot ich mit dieser Aktion die Stirn.

Als ich über mein Leben nachdachte, fiel mir auf, dass wirklich in keinem Bereich Sicherheit oder Zuverlässigkeit herrschte. Mein Lebenshaus stand auf sandigem Boden – ein beklemmendes Gefühl.

Während der ersten paar Wochen nach meiner Rückkehr aus der Klinik bemühte sich Georg unheimlich um mich, fasste mich mit Samthandschuhen an. Dennoch sah ich ihn jetzt aus einer ganz anderen Perspektive, nahm eine Beobachtungsposition ein. Ich zweifelte anfangs an mir selber, als ich bemerkte, dass Georg schamlos die Bedienung des Gasthauses anmachte, in dem wir saßen. Bei männlichen Arbeitskollegen fragte ich vorsichtig nach, ob so ein Verhalten im Beisein ihrer Freundin belanglos wäre. Die fielen aus allen Wolken, nie im Traum kämen sie auf so eine Idee – ich hatte eine Bestätigung und stellte Georg deswegen per E-Mail zur Rede. Ich wies ihn darin auch daraufhin, dass es mir schon längere Zeit psychisch absolut nicht gut ginge und mir gerade jetzt Ehrlichkeit bzw. Klarheit besonders wichtig wären. Bei seiner Antwort ließ er eine ganz komische Bemerkung fallen, die mich lange beschäftigte: „Meine Augen können nicht treu sein." – Wie war denn das zu verstehen?!

Wir kamen zufällig einmal auf das Thema „Gelegenheit beim Schopf packen". Ich wollte wissen, wie Georg reagieren würde, wenn er ein eindeutiges Angebot einer Frau erhalten würde. „Das kommt darauf an", war alles, was er dazu zu sagen hatte. Somit war mir klar, dass er mit Treue nichts am Hut hatte, was für mich Grundvoraussetzung für eine Beziehung darstellt. Mein Kopf riet mir zum einzig richtigen Schritt, nämlich die Beziehung zu beenden, aber ich hatte mein Herz an ihn verloren und so schob ich die Entscheidung weiter vor mich her.

Der nächste Tiefschlag wurde mir anlässlich des Bison-Essens mit den Mitgliedern vom Motorradclub versetzt. Erst sagte Georg für sich allein zu, fragte mich nicht einmal, ob ich mitgehen würde. Wahrscheinlich lag ihm an meiner Begleitung nichts mehr, denn er plante, neben Melanie noch ein neues Mitglied (weiblich) vom Club, nämlich Susi, mit seinem Motorrad mitzunehmen. Ich sollte mit meinem Motorrad extra fahren, trotz abgefahrener Reifen. Heiße Eifersucht stieg in mir hoch! Eine Teilnahme kam unter den Umständen für mich nicht mehr in Frage. Georg lenkte ein, als ich ihm meine Gründe offen und ehrlich darlegte und sagte Susi ab. Aber es war schon der Hund drin. Unterschwellig hatte ich ständig das Gefühl, ihm ein Klotz am Bein zu sein. Am liebsten hätte ich mich weg gebeamt.

In der Art ging es beim Familienfest der freiwilligen Ortsfeuerwehr weiter, zu dem ich Georg begleitete. Ich frage mich heute noch, was ihn dazu veranlasste, mich mitzunehmen. Es spielte Tanzmusik und mich juckte es förmlich in den Beinen. Als Georg das bemerkte, fiel ihm nichts Besseres ein, als zu seinem Tischnachbarn zu sagen: „Du tanzt doch gern. Geh du mit ihr." – Das kränkte mich sehr, ich empfand das als ein „Weiterreichen". Ohne ihn eines Wortes zu würdigen, stand ich auf und ging allein auf die Tanzfläche, mimte die Solotänzerin. Welchen Teufel ritt Georg in dieser Nacht? Er riss mich einfach aus dem Schlaf, hantierte an mir rum, während er in vulgärer Sprache vor sich hin redete: „Jetzt fick ich dich." Und schon war's passiert! Ich hatte nicht Mal die Gelegenheit zu sagen, dass ich meine Tage hätte oder ihn auf das „Tampon" hinzuweisen, den ich nachher auf mühsamste Weise entfernte. Das war einer Vergewaltigung schon ziemlich nahe, gedemütigt fühlte ich mich auf alle Fälle. Ob er wusste, was er tat, bezweifle ich, denn er hatte sich auf dem Fest mit Bier förmlich zugeschüttet.

Der darauffolgende Tag verlief in gesetzter Stimmung, bis ich einen Anruf auf seinem Handy entgegennehmen wollte, als er im Bad war. Das war normal nicht meine Art, nachzuspionieren, aber jetzt hatte ich die Gelegenheit, mich zu vergewissern. Und tatsächlich! Schon die erste gespeicherte Nachricht, die ich öffnete, war von einer mir fremden Dame mit der Frage, wann er denn wieder einmal vorbeikäme. Ich brachte glatt den Mut auf, Georg nach dieser Dame zu fragen. Er machte einen ertappten Eindruck und war wütend, weil ich nachgeforscht hatte. Seine Antwort fiel ziemlich vage aus. Es sei ein junges Mädchen, die ihn ständig anrufen würde, er wüsste gar nicht, was die von ihm wolle. Damit war es für ihn abgetan – aber nicht für mich.

Die ganze Nacht schwirrte mir der Name dieser Frau im Kopf herum, bis ich aufstand, nochmals sein Handy schnappte und im Bad noch weitere Nachrichten las. Das Herz klopfte mir bis zum Hals, meine Brust schien sogar auf und ab zu hüpfen und meine Hände zitterten dermaßen, dass ich kaum eine Taste traf. Alle meine Befürchtungen und Vermutungen bestätigten sich. Eine Nachricht traf mich besonders. Er bedankte sich bei einer Dame für das schöne Wochenende, das er mit ihr in der Zeit verbrachte, als ich in der Klinik verzweifelte. Kaum hatte ich mich wieder ins Bett gelegt, übermannte mich eine Panikattacke der schlimmsten Art, ich schnappte nur noch nach Luft. Georg bekam es richtig mit der Angst zu tun, nahm mich in den Arm und versuchte mich zu beruhigen. Er hatte keinen blassen Schimmer, was in mir vorging.

Nach der schlaflosen Nacht floh ich aus seiner Wohnung und stand kurz nach sechs Uhr morgens schon in meinem Büro. Wundersamer weise bekam ich noch den Wochenbericht hin und wollte nachher zum Arzt gehen, der mich für zwei Tage krankschreiben sollte, damit ich mit dem Scheitern meiner Beziehung fertig werden konnte. Beim Verlassen der Firma lief ich noch zwei Arbeitskollegen in die Arme, die sofort registrierten, dass ich mich in einer Art „Ausnahmezustand" befand. Nachdem ich im Firmenkalender meine Abwesenheit wegen Arzttermin notiert hatte, machten sie sich noch keine so großen Sorgen um mich.

Mein Hausarzt konnte mich nicht überzeugen, mich ambulant im Landeskrankenhaus behandeln zu lassen. Nicht einmal eine Infusion zur Beruhigung kam für mich in Frage, ich wollte nur für zwei Tage krankgeschrieben werden. Er schrieb mich für die ganze Woche krank und ließ mich sehr, sehr ungern gehen.

Zu Hause angekommen, schrieb ich zuerst eine E-Mail an Georg, dass er mir ehrlich sagen soll, ob er in unserer gemeinsamen Zeit, fremdgegangen wäre. Falls ja, wäre unsere Beziehung mit sofortiger Wirkung beendet. Die nächsten Nachrichten sandte ich an zwei Freundinnen, bei denen ich mich für alles bedankte und ihnen für die Zukunft alles Gute wünschte. Bei einer schrillten sofort die Alarmglocken, sodass sie zwei Arbeitskollegen zu mir schickte.

Die beiden Kollegen, Arno und Markus, klingelten Sturm bei mir und hämmerten an der Tür, bis ich sie endlich öffnete. Arno und Markus redeten mir gut zu und versuchten, mich zu beruhigen. Ich wollte sie dazu bewegen, mich alleine zu lassen, hatte aber keine Chance. Da kam der Anruf von

Georg: „Solche Sachen müssen nicht über die Firmenadresse geschrieben werden. Was soll das jetzt? Reden wir am Abend darüber. Für mich ist alles in Ordnung, so wie es ist." Nein, vertrösten ließ ich mich nicht mehr, wollte sofort eine Antwort haben, die ich auch bekam: „Ja, ich hatte Sex mit anderen Frauen. Ich habe dir doch nichts versprochen, wir haben nichts vereinbart." Ich verabschiedete mich für immer von ihm. Mit einem Ruck wurde mir der Boden unter den Füßen weggerissen. Alles, woran ich geglaubt und worauf ich gehofft hatte, war plötzlich ausgelöscht. Es gab nur noch einen Weg für mich. In meiner rasenden Wut warf ich noch sein Foto vom Balkon in hohem Bogen runter.

Mit dem Vorwand, ich müsse aufs WC, schloss ich mich im Bad ein, drückte sämtliche Medikamente, die ich gesammelt hatte, in einen Zahnbecher und schluckte sie. Schon hämmerten Arno und Markus an der Badezimmertüre. „Mach auf, oder wir schlagen die Türe ein. Mach keinen Blödsinn!", schrien sie. Der Cocktail begann schon zu wirken, sodass ich die Türe öffnete und sagte: „Jetzt ist es eh schon zu spät." Mit einem Blick erfassten die Beiden den Ernst der Situation und benachrichtigten die Rettung und den Notarzt.

Ich schaffte es noch, meinen Abschiedsbrief aus der Tasche zu holen, den ich schon ein paar Wochen vorher verfasst hatte. Weinend bat ich Markus, dafür zu sorgen, dass Melanie ihn erhielt. In weiter Entfernung hörte ich die Rettung, registrierte die Anwesenheit des Sanitäters, bekam noch mit, dass Arno mit Melanie telefonierte und dann fiel ich ins NICHTS.

XI. Phönix aus der Asche

Auszug aus „Gedanken des Tages" vom 11.12.2007

So, jetzt ist es passiert. Der zweite Suizidversuch ohne Erfolg hinter mir. Eigentlich ist die Wertung mit oder ohne Erfolg gar nicht wichtig für mich, es lässt mich kalt.

Die Enttäuschung, der Schmerz, den mir Georg zugefügt hat, ist unbeschreiblich. Mein Bauchgefühl hat mich immer gewarnt, aber ich wollte es einfach nicht wahrhaben. Warum tut ein Mensch dem anderen so etwas an? Ich wünsche ihm dasselbe Gefühl der Verzweiflung, keinen Ausweg oder total keine Perspektive mehr zu sehen. Gerne möchte ich das sehen, miterleben.

Ständig drängen sich Bilder von ihm auf: Schöne Momente mit ihm, aber auch wie er sich mit anderen Frauen vergnügt. Ich denke dann immer an das, was eine Kartenlegerin gesagt hat: Er hat keine einzige Glückskarte und es geht ihm schlecht. Eine kleine Genugtuung ist es schon.

Nun bin ich für 2 Wochen im Krankenstand und habe schon ein schlechtes Gewissen. Aber im Büro holt mich diese Resigniertheit, Teilnahmslosigkeit und Angst ein. Ich lache zwar, aber innerlich könnte ich nur schreien. Hab sehr nah am Wasser gebaut.

Da habe ich einen Mann kennen gelernt, der, wie er sagt, für mich da sein will. Er macht mir irgendwie Angst. Alle seine Äußerungen tun gut und er hat Großteils Recht und dann kommt dieses Misstrauen wieder auf: Sagt er das nur, um mich irgendwie rumzukriegen? Was erwartet er von mir? So viele SMS wie in einer Woche habe ich die ganzen zwei Jahre nie von Georg erhalten. Wir sind uns ein wenig nähergekommen und diese Nähe bedrückt mich. Ich fühle mich in etwas gedrängt, ich möchte das nicht. Im Moment möchte ich mich einfach der Trauer hingeben, alles hinausweinen und endlich abschließen. Wenn ich doch nur die Gefühle abschalten könnte.

Meine Rolle als Conni im Forum vom Motorradclub ist teilweise recht amüsant, nur zeige ich da den primitiven und auf sexuelle Belange reduzierten Teil von mir auf. Es ist schon traurig, dass so viele Männer auf diese Conni ansprechen. Anscheinend gibt es Werte wie Liebe, Treue und Partnerschaft nicht mehr. So etwas würde ich mir aber so sehr wünschen – was doch eigentlich sinnlos ist. Ich hänge unmöglichen Dingen nach und komme mit so einer Welt nicht klar. So orientierungslos war ich in meinem Leben noch nie. Ich wünsch mir so einen Job, der ganz meinen Fähigkeiten entspricht und die Vielseitigkeit meinerseits zu nutzen weiß. Was das sein soll, weiß ich selber nicht. Wenn es einen Gott oder irgendwelche Geistwesen gibt, dann bitte, tut was! Es ist niemand sonst da, der mich jetzt einfach nur auffangen kann, mich tröstet und mich nur liebhat. Oh Gott, so einsam und verlassen habe ich mich noch nie gefühlt. In mir scheint etwas heranzuwachsen, bedrückt mich, nimmt mir die Luft und ist knapp vor der erleichternden Explosion. Wenn nur dieses Ding wirklich Mal rauskäme, würde ich mich leichter fühlen. Dann wär' nur noch ich da – ohne irgendein böses und quälendes Wesen in mir.

Ich hoffe und bitte inständig, dass meine Kinder gestandene und glückliche Menschen sind. Ich bin so stolz auf sie, denke, dass ich doch ein bisschen was besser gemacht habe, als meine Mutter. Meine Gefühle für diese beiden Schätze lassen sich nicht in Worte fassen. Immer wieder schaue ich sie an, beobachte ihre Bewegungen, ihre Mimik und lasse ihre Stimme wirken. Sie sind so toll. Das Wertvollste in meinem Leben. Wer auch immer, behütet sie bitte.

Melanie war während der ganzen Behandlungen im Krankenhaus an meiner Seite. Sie sah, wie ich beatmet wurde, das EKG unregelmäßig ausschlug und musste hören, wie zwei Ärzte über meine Überlebenschancen diskutierten. Sie wurde vom Pflegepersonal weder beachtet, noch wurde ihr Beistand geleistet. Melanie erzählte mir später, dass sie an meinem Bett gestanden hatte, mich streichelte und mir unter Tränen ins Ohr flüsterte: „Mama, wenn du stirbst, stirbt mein Herz." – Welches unsagbare Leid ich meinen Kindern mit meinem Suizidversuch zugefügt habe, kann ich unmöglich abschätzen. Das ist eine Last, die ich immer auf meinen Schultern tragen werde. Es tut mir unheimlich und zutiefst leid.

Meine Kinder organisierten mir alles, was ich für den Krankenhausaufenthalt benötigte und besuchten mich so oft es ihnen irgendwie möglich war. Trotz allem, was ich ihnen zugemutet hatte, kam nie ein Vorwurf ihrerseits – das ist wahre bedingungslose Liebe!

Alle, die mich besuchten, waren über meinen „guten Zustand" überrascht. Ich hatte einen total klaren Blick. Auch wenn ich vor Kummer und Traurigkeit am liebsten mein Herz herausgerissen hätte, hatte ich seit langer Zeit wenigstens in einem Lebensbereich endlich einmal Klarheit. Die Ärzte im Landeskrankenhaus respektierten auch meinen Wunsch, das Krankenhaus nach vier Tagen Aufenthalt auf Eigenverantwortung zu verlassen, mit der Voraussetzung, dass ich mit Hilfe psychiatrischer Betreuung das neu verschriebene Medikament langsam steigern und auch wirklich einnehmen sollte.

Wenn sich im Leben einer Frau etwas ändert, dann ändert sie auch ihre Frisur – diese Theorie traf voll und ganz auf mich zu. Mein erster Weg nach der Entlassung führte mich schnurstracks zum Friseur, ich ließ mir einen komplett neuen Haarschnitt verpassen. Mein neues Styling mussten Melanie und ich natürlich feiern, also gönnten wir uns einen Kaffee in einem sehr gefragten Lokal in unserer Umgebung. Wie es der Teufel will, trafen wir dort auf Georg. – Schon überfielen mich wieder das Zittern und das Herzflattern. Unter vier Augen meinte er, er ließe sich durch eine Selbstmordandrohung nicht unter Druck setzten und betonte nochmals, dass er mir nie etwas versprochen hätte. Dann kam noch der Vorwurf, ich hätte mich durch alle meine Bemühungen für ihn nur unentbehrlich machen wollen. Außerdem hätte er mich, im Gegensatz zu mir, nie geliebt und das auch nie gesagt. Das reichte mir für den Moment und ich stürzte weinend aus dem Lokal. Georg folgte mir, redete mir zu, meine Tochter nicht alleine sitzen zu lassen. Nun fing auch er zu weinen an und versicherte mir, dass es nicht seine Absicht war, mich so zu verletzen. Ich ließ ihn stehen und ging zu Melanie zurück. Meine Liebe zu Georg war in Hass umgeschlagen.

Gefühle der Verzweiflung, Traurigkeit und Hass wechselten sich ständig ab. Nie in meinem Leben weinte ich so viel, wie in dieser Zeit. Melanie versuchte ihr Bestes, verbrachte jede freie Minute mit mir und nahm mich tröstend in die Arme, wenn ich mich in Tränen aufzulösen drohte.

Es war an der Zeit, mein Leben aufzuräumen. Ich löschte alle Fotos, E-Mails und SMS, die irgendetwas mit Georg zu tun hatten. Sämtliche Geschenke und Andenken von ihm packte ich zusammen und schmiss den Krempel vor seine Tür, worauf Georg mich anrief. „Dass du mir deine Motorradjacke vor die Tür schmeißt, kränkt mich sehr. Das war doch ein Zeichen von Freiheit. Du solltest die Freiheit und das Leben genießen wie ich. Ich hab' den Sex mit den anderen Frauen auch genossen. Das macht das Leben doch aus." - Mit diesen Worten fügte er mir noch tiefere Wunden zu.

Nur widerwillig nahm ich das Medikament ein, dessen Dosis von 50 mg zu 250 mg langsam gesteigert werden sollte. Ich suchte meinen Hausarzt auf, in der Hoffnung, dass wir das zusammen bewerkstelligen könnten, ohne Psychiater. Beim Hausarzt erhielt ich den nächsten Dämpfer: Gerne und immer würde er mit mir sprechen, nur Medikamente würde er mir keine mehr verschreiben. Er hätte als Arzt bei mir versagt. Ich empfand das als Abweisung und Rausschmiss. So, nun stand ich da, ohne medikamentöse Einstellung und ohne hausärztliche Betreuung, allein gelassen.

Einen Versuch wollte ich noch starten und rief eine Psychiaterin an, die einen guten Ruf genoss. Pech gehabt. Sie plante ihren einmonatigen Urlaub, ich könnte nachher gerne kommen. Nein, selber dürfte ich das Medikament nicht steigern, das ginge nur unter ärztlicher Aufsicht. „Suchen Sie sich inzwischen einen anderen Psychiater!" – Es schien in ihren Augen ja keine große Sache zu sein, seine Geschichte vor vielen verschiedenen Ärzten auszubreiten und, vor allem, in sein Innerstes sehen zu lassen. Oh nein, nicht mit mir! Aber Melanie achtete sorgsam darauf, ob ich meine Medikamente nahm und ich wollte sie nicht zusätzlich durch das Absetzen der Medikamente verängstigen.

Eine Möglichkeit bestand noch und wenn die nicht klappte, würde ich es wirklich sein lassen: Für die psychiatrische Ambulanz des Landeskrankenhauses wäre doch diese blöde Einstellung keine Sache und siehe da, sie übernahmen diese Angelegenheit für die Abwesenheitszeit der Psychiaterin. Für die Einhaltung des letzten Termins dort, sah ich keine Veranlassung, denn ich fühlte mich mit dem Medikament keineswegs besser. Die Haut begann zu jucken und für die ersten fünf Stunden nach der Einnahme fiel ich ins „Koma". Ich setzte es ab, glücklicherweise sprach mich meine Tochter diesbezüglich nie an.

Als ich nach einer Woche nach dem Vorfall in der Firma erschien, meinten meine Kollegen einen Geist zu sehen. Die hätten nie damit gerechnet, dass ich schon so bald zurückkehren würde. Mein Vorgesetzter hatte schon Vorkehrungen getroffen und eine neue Mitarbeiterin als „Ersatz" für mich eingestellt. Bei einem persönlichen Gespräch stritt er ab, dass sie als meine Nachfolgerin gedacht war, mein Gefühl sagte mir ganz was anderes. Die Neue hatte auch keine spezielle Ausbildung in Sachen QVP oder Projektbetreuung vorzuweisen, also konnte sie nur im QUS-Management eingesetzt werden. Zudem flüsterte mir eine Arbeitskollegin, dass über meine Entlassung nachgedacht würde.

Unter diesen Umständen war es für mich nur zum Nutzen, dass ich schon meine Bewerbungsunterlagen bei einem Personalvermittlungsbüro zur Jobsuche hinterlegt hatte. Trotzdem war es mir ein Anliegen, auch in dieser Sache Klarheit zu schaffen und ich schrieb meinem Vorgesetzten eine dementsprechende E-Mail mit der Aufforderung einfach nur ehrlich zu sein, das er an die Geschäftsführung weiterleitete. Zu meiner Verwunderung rief mich noch am selben Abend der neue Geschäftsführer an, dementierte sämtliche Aussagen oder Entscheidungen meine Entlassung betreffend und ergoss sich in hohem Lob über meine Arbeit. Das zeigte nicht so viel Wirkung, ich war psychisch am Anschlag und ging für zwei Wochen in Krankenstand. In der Zeit bewarb ich mich bei einem inländischen Wirkwarenerzeuger als Vertriebsmitarbeiterin.

Meine Mutter besuchte ich normalerweise im 14-Tages-Rhythmus, aber seit ihrem Besuch bei mir im Krankenhaus hatte ich absolut nicht das Bedürfnis, sie zu sehen, zumal sie in meiner angeschlagenen Gefühlswelt herumtrampelte wie ein Elefant im Porzellanladen mit Aussagen wie zum Beispiel: „Du hast hoffentlich nichts mehr mit Georg zu tun. Gott sei Dank ist das vorbei mit ihm. Ich bin so glücklich darüber." – Das Glück des Einen ist oft des Anderen Leid.

Ein paar Tage vor Weihnachten rief meine Mutter in der Firma an und erhielt die Information, dass ich schon seit zwei Wochen im Krankenstand sei. Sie machte mir zum Vorwurf, dass ich ihr das nicht mitgeteilt hatte. Ich reagierte gereizt darauf und gab ihr zu verstehen, dass ich ihr sicher keine Rechenschaft schuldig sei, worauf sie im autoritärsten Tonfall entgegnete, meine Kaltschnäuzigkeit hätte sie sich nicht verdient. Seit diesem Tag suchte ich keinen Kontakt mehr zu meiner Mutter, zog mich komplett zurück.

Weihnachten stand vor der Tür. Schon die Vorweihnachtszeit machte mir schwer zu schaffen. Das ganze Getue um Liebe und Familie empfand ich als größte Lüge. Ständig erinnerte ich mich an das letztjährige Weihnachten, das ich mit Georg verbrachte. Es waren die schönsten Weihnachten meines Lebens und jetzt stellte es sich als Farce heraus. Meinen Kummer verarbeitete ich mit folgendem Gedicht, das ich auch ins Club-Forum stellte:

WEIHNACHTEN FÜR MICH

Genau in der ach so gepriesenen Weihnachtszeit

übermannt mich das Gefühl der Einsamkeit.

Man sagt, es sei die Zeit der Freude und der Stille,

aber ich spür keine Freude und kein „Lebenswille".

Bei dem Fest wäre wahre Liebe oberstes Gebot –

Nur warum wünscht' ich dann, ich wäre tot?

Weil Geborgenheit, Liebe und Freude nur Worte sind

und dennoch heiß ersehnt, von Erwachsenem und Kind.

Bei manchen werden zur heiligen Zeit die Herzen weit,

doch über mein Herz legt sich ein Schleier der Traurigkeit.

Lasst sie Lieder singen und ja viele Geschenke bringen,

denn die größte Wichtigkeit liegt oft in materiellen Dingen.

Die aus edlen Gründen feiern, fühlt euch hiermit geehrt -

ihr erstrebt und seht in manchen Dingen den höheren Wert.

20.12.2007

Der innere Schmerz schien mich aufzufressen und die Spannungszustände steigerten sich fast ins Unermessliche. Ich musste schreiben – hier das Ergebnis am 23.12.2007 (der 18. Geburtstag meiner Tochter):

Wo soll ich anfangen? Dass ich mich einfach nicht mehr einkriege, dieses schreckliche Gefühl mich übermannt und ich fast zu explodieren drohe. Es ist kein Platz für mich auf dieser Welt - ich wünschte mir ja so, endlich zufrieden zu sein und endlich Ruhe in mir zu finden. Überall diese Filme und die Stimmung der Weihnachtszeit sind wie Stiche in mein Herz, führen mir meine Einsamkeit vor Augen.

Meine Kinder sind so wunderbar, ich kann ihnen nicht das geben, was ihnen zusteht. Oh Gott, nicht mal das schaffe ich. Dabei wäre ein bisschen wahre Liebe so wichtig, ein bisschen Wärme und Geborgenheit. Das Dumme ist nur, dass ich das nicht mal genießen könnte, meine Mauer wird immer höher. Nichts lass ich mehr an mich ran. Die tun mir doch alle bloß weh. Dieses hässliche Gefühl kann sich niemand vorstellen oder sich hineinversetzen – er ist grauenhaft. So bleibt mir meine tiefe Einsamkeit und Traurigkeit. Immer wieder stelle ich mir die Frage, warum Georg so falsch sein konnte und mir so viel vorgemacht hat. Warum hat er mir so wehgetan und mir so viel kaputt gemacht? Ich will wirklich nicht mehr sein, jetzt versuche ich halt langsam zu entschwinden, weniger zu werden. Mit Essensverweigerung ist das möglich, nur esse ich einfach zu viel. Bei der Reha hatte es so gut funktioniert und ich werde es wieder schaffen. Das Hungergefühl ist viel schöner als das Sättigungsgefühl. Also werde ich einfach aufhören zu essen, das „Schlank-Sein" genießen und irgendwann umfallen. –

Umfallen und umkippen ins Nichts. Nichts mehr fühlen, nicht mehr traurig sein, einfach nur die Leere in mir zulassen.

Irgendwie brachte ich auch die Weihnachtstage hinter mich. Schon war die nächste Hürde zu bewältigen: Silvester. Ich wollte alleine sein, mit niemanden feiern. In meinem Zustand hätte ich sowieso nur die Stimmung der anderen vermiest. Die Erinnerungen wollten mich einfach nicht loslassen, fühlte mich darin gefangen. Ständig durchlebte ich den Tag meiner größten Enttäuschung, wie ein nie endender Film. Ich therapierte mich selber, indem ich alles einfach niederschrieb. So auch am 26.12.2007:

Immer wieder lass ich im Gedanken die Nacht vor meinem Suizidversuch und den Tag danach abspielen. Das ist ja wirklich krank, es tut mir so weh, aber trotzdem muss ich das machen.

Ich hatte schon lange den Verdacht, dass es noch andere Frauen im Leben von Georg gibt und ich war dann so unverschämt und habe seine SMS von seinem Handy gelesen. Ich konnte vorerst nur zwei lesen: eine von einer Monika N. mit der Bemerkung: „Kummscht hüt am obat wiedr vorbei?" und eine wortwörtlich „Fick-SMS". Ich krieg' eh schon wieder so ein Herzklopfen und fange an zu zittern. Ich habe ihn sogar auf die Dame angesprochen und Georg hat nur gemeint, dass das so ne Junge sei und er wüsste gar nicht, was die von ihm will. – Darum hat sie ja auch seine Nummer!? Danach habe ich ihn noch massiert, aber an Schlaf war bei mir nicht mehr zu denken. Die ganze Nacht ist mir dieser Name durch den Kopf geschwirrt, bis ich in der Nacht aufgestanden bin und im Bad weitere SMS gelesen habe. Ich habe gezittert wie Espenlaub. Als ich dann las „danke für das schöne Wochenende am 30.09.07", hatte ich eine Panikattacke. Er war während meines Reha-Aufenthaltes bei einer anderen und ich war ihm nicht mal ein Besuch wert. Das tut jetzt noch sooooo weh. Während der Panikattacke hatte Georg wirklich ein wenig Angst, hat mich gehalten und ich konnte nicht verstehen, dass er so falsch ist. Am Morgen bin ich dann total fertig zur Arbeit gegangen. Habe unter Tränen meinen Wochenbericht gemacht und bin dann zum Arzt gefahren, um mich für zwei Tage krankschreiben zu lassen. Vorher haben mich aber der Arno und der Markus vom Q-Point gesehen, mein Anblick muss sie wohl erschreckt haben.

Tja, der Arzt hat mich die ganze Woche krankgeschrieben und wollte mich eigentlich stationär ins Landeskrankenhaus schicken, aber ich habe strikt abgelehnt, obwohl ich schon den Abschiedsbrief in der Tasche hatte. Also bin ich heimgefahren, hab noch eine Mail an Georg geschickt, dass ich Ehrlichkeit will und gefragt, ob er während unserer Zeit mit anderen Frauen Sex gehabt hat. In der Zwischenzeit hatte ich mich per E-Mail von Brigitte und Elke verabschiedet, mein Vorhaben wurde immer klarer. Arno und Markus sind dann bei mir aufgetaucht und wollten einfach nicht mehr gehen. Ich war nur noch in Tränen aufgelöst, bis Georg mich angerufen hat. Er meinte, dass so eine E-Mail nicht ins Geschäft gehört, wir sollten doch am Abend darüber reden. Ich wollte aber gleich eine Antwort, die ich auch bekommen habe und sich mein Verdacht bestätigt hat. Er hätte mir ja nichts versprochen, es wäre ja gar nichts ausgemacht gewesen! Für mich ist eine Welt zusammengebrochen – hab' gesagt, er muss nicht mehr kommen, es ist somit vorbei.

Dann war der Schalter umgelegt. Habe unter einem Vorwand meine Tasche geschnappt und mich im Bad eingesperrt. So ca. 130 Tabletten habe ich geschluckt, bis die Tür fast eingeschlagen wurde. Hab aufgemacht und gesagt, es sei schon zu spät. Ich konnte mich nicht wirklich für oder gegen das Leben entscheiden, also habe ich die Dinger geschluckt und alles dem Schicksal überlassen. Aber das Gefühl war gut – es hat mich nichts mehr so erdrückt, nur die tiefe Traurigkeit und Enttäuschung war noch da. Geweint habe ich schon ganz bitterlich, als der Sanitäter mich gefragt hat, was und wie viel ich genommen habe. Nicht mal den Mund habe ich aufgemacht, nur an seiner Brust bitterlich geweint. Dann war alles so weit weg, die Stimmen und die Geräusche. In meinem Kopf wurde alles wie mit Watte ausgestopft bis ich nichts mehr mitgekriegt habe und weggekippt bin – ganz einfach rüber geschlafen. Mann, das ist schon die schönste Art zu sterben.

Dann wachst du auf im Krankenhaus, total verkabelt, total fertig und weißt noch weniger als vorher: weder wozu, warum, wohin – gar nichts. Bist wie ausgeschaltet. Siehst und spürst die traurigen, verständnislosen Blicke und dann noch die große Leere in dir.

Arno und Markus waren so toll, haben einfach genial reagiert. Sofort haben sie Melanie angerufen und sie von der Arbeit abgeholt. Melanie war die ganze Zeit bei mir, musste miterleben, wie ich Atem- und Herzprobleme hatte und nicht mehr ansprechbar war. Sie hat mir zugeflüstert: „Mama, wenn du stirbst, stirbt mein Herz." – Es tut mir so leid, dass ich meinen Kindern so wehgetan und sie so einer schrecklichen Situation ausgesetzt habe. Ich wusste (weiß es immer noch nicht) wie ich mit so einem Leben klarkommen soll? Ich funktioniere, empfinde aber für meine Kinder so viel und dennoch finde ich keinen Sinn, kein Glück in diesem Leben. Ich habe mich so auf Georg eingestellt, obwohl mich diese unterschwellige Unsicherheit, Unklarheit sehr zermürbt hat. Mein Bauchgefühl hat mich nie betrogen, es hat schon lange davor Alarm geschlagen und ich wollte es nicht wahrhaben.

Zurück geblieben ist diese tiefe Traurigkeit, Enttäuschung und Unfähigkeit, noch irgendjemandem zu vertrauen oder Nähe zu ertragen. Es wird mir immer mehr bewusst, dass ich mein ganzes Leben lang in den für mich wichtigsten Situationen alleine gelassen wurde, bzw. einsam war. Schade, der Wunsch nach Geborgenheit, Sicherheit und wahrer Liebe wäre ja da, nur wenn mir das geboten wird, kann ich das nicht annehmen oder nicht damit umgehen. Es macht mir Angst. Somit stehe ich wieder am gleichen Punkt wie immer.

Es gibt noch so viele Dinge, Lieder, Gerüche, Aktivitäten, die mich an die Zeit mit Georg erinnern und mich tief herunterziehen. Vielleicht schaffe ich es ja, mich davon zu distanzieren, wenn es nur jetzt schon einen Knopf gäbe, der alle Erinnerungen löscht. Im Moment hege ich schon fast einen Hass auf Georg und trotzdem interessiert mich jeder Schritt und alles, was er macht. Es sollte mir doch egal sein, es ist seins. Rein vom Kopf her weiß ich, dass es so viel besser ist. Ich habe jetzt Klarheit und keine zermürbenden Ahnungen, die sich noch bewahrheiten könnten. – Außer er hätte mir Aids oder sonst so eine schlimme Krankheit angehängt, dumm genug ist er ja.

Mit meiner Mutter und Verwandtschaft ist auch nichts im Lot. Sie ist beleidigt, weil ich ihr meinen Krankenstand nicht mitgeteilt habe. Dass sie das nichts angeht und ich ihr keine Rechenschaft schuldig bin, hat sie als kaltschnäuzig bezeichnet. So etwas hätte sie nicht verdient! Ich maße mir nicht an zu beurteilen, was sie verdient hat oder nicht. Ich will nur so geliebt und akzeptiert werden wie ich bin. Nur war das nie der Fall und wird auch nie so sein. Ich hab' abgeschlossen. Wenn ich nur die blöden € 1.000,00 hätte, die ich ihr schulde, hätte ich ihr das Geld gebracht und mich verabschiedet. Wenn sie mich zu lieben gelernt hat, könnte sie sich ja wieder bei mir melden. Aber so mache ich nicht weiter, es kostet mich zu viel Energie. Und von den anderen Verwandten habe ich doch auch nichts mehr gehört oder gesehen (außer mein Bruder Gregor). David hat mich angerufen, er wäre immer für mich da, ich könnte immer mit ihm reden ... *kotz* – Das empfinde ich alles nur als Lüge, Täuschung. Nein, ich ziehe mich von der Familie zurück, das Alleinsein bin ich ja gewöhnt.

Jetzt kommen wir zu dem guten Bekannten: Er würde mir all das geben, was ich mir von Georg gewünscht hätte, aber ich kann es nicht annehmen, nicht genießen. Diese Nähe und dieses Interesse scheinen mich zu erdrücken, es macht mir richtig Angst. Darum habe ich mich heute von ihm zurückgezogen. Er meint immer, ich soll auf mich schauen, dabei manipuliert er mich doch, versucht mich zu beeinflussen. Von Ehe und gemeinsamer Zukunft redet er, was ich mir gar nicht vorstellen kann. Ich will mir auch keine intimeren Zärtlichkeiten vorstellen, das Küssen reicht mir mehr als genug. Dabei empfinde ich nichts, kein Kribbeln im Bauch, kein Genuss. Ich funktioniere halt schon wieder. Schon wieder! Nein, nicht mehr mit mir.

Am Silvesterabend dröhnte ich mich selber zu, leerte alleine eine Flasche Prosecco und weinte vor mich hin. Gefahr war in Verzug, die Todessehnsucht machte sich in mir breit. Ich machte das einzig Richtige und wählte die Nummer der psychiatrischen Ambulanz des Landeskrankenhauses. Der Diensthabende Pfleger redete mir lange gut zu, schaffte es sogar, mich zum Lachen zu bringen und es ging mir wirklich bald wieder sehr viel besser. Mein Anruf wertete ich als Erfolg, denn früher hätte ich mir niemals Hilfe geholt. „Hopfen und Malz" waren keineswegs verloren.

Von dem bereits erwähnten Wirkwarenerzeuger wurde ich zur zweiten Vorstellungsrunde geladen. Die Dame beim Empfang machte einen total frustrierten und gereizten Eindruck, aber ich maß dem keine Bedeutung zu. Ich durfte das ganze Unternehmen besichtigen am Ende viel die Entscheidung zugunsten meiner. – Es bereitete mir riesige Freude, die Kündigung einzureichen, die meinen Vorgesetzten und alle anderen Mitarbeiter des Stammwerkes aus Deutschland schockierte.

Mein Vorgesetzter fragte mich zwar nach den Gründen, beantwortete seine Fragen schon aus Prinzip selbst. Er wollte mir bei jeder Gelegenheit seine Worte in den Mund legen oder seine Meinung aufdrücken. Es war mir schier unmöglich, ihm Respekt entgegenzubringen. Sein penetranter Mundgeruch und aufdringliches Wesen ekelten mich an. Mit seiner Einstellung zu meinem Suizidversuch machte er jedem positiven Ansatz den Garaus. Mich verärgerte seine vorgefasste Meinung darüber dermaßen, dass ich ihm folgendes Gedicht widmete:

SICHTWEISEN

*Dein Suizidversuch war nur
ein lauter Hilfeschrei,
wirklich sterben wolltest du
doch nicht dabei…
Du hast irgendetwas
noch nicht richtig verkraftet,
bist womöglich zu sehr
in deiner Vergangenheit verhaftet.
Deine Familie, die Scheidung
oder der komische Glauben,
das sind die Dinge, die dir noch heute
alle Kräfte rauben.
Aber ein Borderliner bist du
ganz sicher nicht,
nicht mit dem Strahlen
und dem Lächeln im Gesicht.
…und vielleicht stellt mir
doch jemand Mal die Frage:
„Stimmt das überhaupt,
was ich da über dich sage?"*

*Mein Leben freut mich nicht,
ist eine richtige Qual für mich.
Es gibt keine tieferen Gefühle,
alles erscheint so lächerlich.
Ich sehne mich doch so
nach Wärme und nach Zuneigung –
Was bleibt sind tiefe Traurigkeit
und große Verzweiflung.
Darum spiele ich ganz verschiedene Rollen
wie im Theaterstück,*

*tu so, als empfinde ich etwas wie Freude
oder ein wenig Glück.
Gewisse Krankheitsbilder scheinen
auf mich wie zugeschnitten,
trotzdem möchte ich mir Diagnosen
der Marke Eigenbau verbitten.*

*…und mit einem Satz wird alles
auf einen Punkt gebracht:
„Bei der Geburt hat sich meine Seele
aus dem Staub gemacht."*

Die Stimmung und die Situation in der Firma waren kaum tragbar. Dass wir gravierende finanzielle Probleme hatten, war ein offenes Geheimnis. Die Produktionsmitarbeiter erhielten ihren Lohn dermaßen verspätet, dass sie ihre Fixkosten nicht zeitgerecht abdecken konnten. In der Schweiz ist es anscheinend nicht möglich, das Konto zu überziehen und so hatten die Mitarbeiter mit Mahnspesen usw. zu rechnen. Der neue Geschäftsführer warf nach drei Monaten wegen angeblicher familiärer Probleme das Handtuch und eine völlig fremde Firma sollte interimsmäßig das Zepter übernehmen. – Das war mir zu viel, denn die Unzufriedenheit und Existenzangst der Mitarbeiter bekam ich vollem Ausmaß zu spüren. Der Arzt machte sich Sorgen wegen meines Zustands und schrieb mich bis zum letzten Arbeitstag krank.

XII. Neue Wege

Im richtigen Ausmaß an mich selbst zu denken,
meinen Bedürfnissen Aufmerksamkeit zu schenken,
so wollt ich das neue Jahr voller Energie angehen
und in freudiger Erwartung in die Zukunft sehen.
Mit dem neuen Job sieht es in jeder Hinsicht super aus
und voraussichtlich steht sogar ein Umzug ins Haus.
Wie man sehen kann, hab ich schon einiges geschafft,
nur den Umgang mit einer Sache hab ich nicht gerafft:
Was ich mein', soll folgendes Lied zum Ausdruck bringen,
ich muss jedes Mal neu um Fassung und mit Tränen ringen.

Mit oben erwähntem Lied war das Lied „Good bye almost lover" von A fine Frenzy gemeint. Der Text dieses Liedes traf genau auf meine Gefühle zu, besonders folgende Passagen hatten es mir sehr angetan:

> *„Ich würde nie wollen, dass du unglücklich bist,*
> *und ich dachte, es ginge dir mit mir genauso.*
>
> *Mach's gut, mein Beinahe-Liebhaber*
> *Mach's gut, mein hoffnungsloser Traum.*
> *Ich versuche, nicht an dich zu denken.*
> *Warum kannst du mich nicht einfach in Ruhe lassen?*
> *Leb wohl, meine glücklose Romanze.*
> *Ich habe dir den Rücken zugedreht und*
> *eigentlich hätte ich wissen müssen,*
> *dass du mir das Herz brichst,*
> *so wie es Beinahe-Liebhaber eben immer tun."*

Ich musste mir ehrlich eingestehen, dass ich für Georg wirklich nichts weiter als eine weitere Romanze war. Da spielte es keine Rolle, was ich für ihn empfand oder ob er mir das Herz brach. Eigentlich war das eine sexuelle Beziehung auf Abruf. Er rief mich an, um zu fragen, ob ich käme, worauf ich mein Täschchen packte, zu ihm fuhr, eine „nette Nacht" mit ihm verbrachte, um am nächsten Morgen wieder spurlos zu entschwinden. In seiner Wohnung befand sich kein einziger Gegenstand von mir, worauf schließen ließe, dass es eine Frau in Georgs Leben gab. Für ihn war das natürlich sehr praktisch, so konnte er andere Frauen in seine Pseudo-Junggesellen-Wohnung mitnehmen, ohne sich irgendwie rechtfertigen zu müssen. Diese Abruf-Beziehung hatte für mich den großen Vorteil, dass Georg nie in meinem Bett geschlafen hat und dadurch keine Erinnerungen heraufbeschwören konnte.

Über das Club-Forum startete ich einen kleinen Rachefeldzug, in dem ich Georg bloßstellte. Es brachte mir aber nicht viel Genugtuung, war der falsche Weg damit umzugehen. Ich pflegte nur wenige Kontakte zu den Mitgliedern des Forums, zu denen Fritz gehörte. Wir trafen uns täglich im Chat und verstanden uns von Anfang an gut, waren auf derselben Wellenlänge. Es entwickelte sich eine wunderschöne Freundschaft daraus und es bestanden gute Chancen, dass daraus mehr würde. Er besuchte mich zu Hause und wir verbrachten einen schönen Sonntag miteinander, kamen uns sogar ein wenig näher. Wir entschlossen uns, gemeinsam zur Motorradmesse nach Deutschland zu fahren, wo sich einige vom Motorradclub trafen, unter anderem auch Georg. Fritz schlug vor, schon einen Tag früher zu ihm nach Hause zu kommen, von wo wir gemütlich zur Messe losfahren könnten. Da machte ich einen folgeschweren Fehler: Entgegen meinem Bauchgefühl sagte ich Fritz zu, dass ich bei ihm im Zimmer schlafen würde, aber nicht mit ihm. Mehr erwartete Fritz auch nicht von mir. Ich hätte es eigentlich wissen müssen, dass sich Probleme wegen der körperlichen Nähe ergeben würden. Berührt zu werden, bereitete mir fast schon Schmerzen, ich konnte es nicht ertragen. Mir blieb fast die Luft weg und ich kämpfte gegen aufsteigende Panikattacken. Meine Reaktion stellte für Fritz eine vollkommen neue Situation dar, mit der er überfordert war.

Georg wurde von Fritz schon vorher darauf vorbereitet, dass wir uns nähergekommen waren. Fritz wollte es so für Georg einfacher machen, denn angeblich litt Georg unheimlich unter unserer Trennung. Das wäre alles nicht notwendig gewesen, weil auch er mit seiner neuen Flamme bei der Messe auftauchte. Ich hatte nur ein Kopfnicken für ihn übrig. Meine Stimmung fiel in den Keller, weil ich merkte, dass ich die Sache mit Georg überhaupt noch nicht abgeschlossen hatte. Für Fritz und mich gab es in meinem Zustand keine Zukunft. Ich fuhr zur Fritz' großer Enttäuschung viel früher ab, als geplant. Mich plagte ein schlechtes Gewissen, weil ich in ihm so viel Hoffnung geweckt hatte, die sich jetzt zerschlug. Auf der Heimfahrt beschimpfte ich mich selbst unentwegt, sprach mir das Recht zu leben ab. Ich brachte doch jedem nur Kummer und Leid. Was sollte ich noch auf dieser Welt? Zu Hause bestrafte ich mich indem ich mir mit der Nagelschere die Unterarme ritzte. Meine Einstellung und Gefühle brachte ich wie folgt zu Papier:

Gott sei Dank bin ich endlich wieder zu Hause. Von Freitag bis heute (Sonntag) war ich mit Fritz zusammen. Ich hab' mich eigentlich gar nicht wohl gefühlt und die bittere Feststellung gemacht, dass ich noch sehr mit Georg verbunden bin. Einige Clubmitglieder haben sich bei der Motorradmesse getroffen, darunter war auch Georg mit seiner „Neuen". Ich muss ehrlich gestehen, dass ich eifersüchtig war und die Neue abgekanzelt habe. Optisch gesehen ist sie nicht gerade aufregend, hat so komisch aufgemalte Augenbrauen und eine kalte Ausstrahlung. Trotzdem wurde jede Berührung von Georg mit der von mir genauestens registriert.

Fritz war ja so glücklich, dass alles ziemlich gut gelaufen ist. Mit Susi und mir scheint es auch besser zu werden, zumal ich sowieso keinen Wert auf ihre Freundschaft lege. Sie hat sich sehr an Melanie gehängt – erst hat es mich unheimlich gestört, aber jetzt lerne ich Melanie loszulassen. Sie ist alt genug und soll ihren eigenen Weg gehen. Ich gehe auch meinen eigenen Weg und passe meine Entscheidungen nicht mehr so meinen Kindern an.

Die andauernde Nähe von Fritz war für mich schwer zu ertragen, seine Berührungen konnte ich einfach nicht genießen. Demnach bin ich doch wirklich ein Borderliner? Ich bin einfach nicht beziehungsfähig. Nach der Messe musste ich ständig an Georg denken – bei ihm konnte ich schon so viel genießen und mich ein bisschen fallen lassen. Nun ist alles vorbei. Es kommt niemand mehr in meine Gefühlswelt rein, hat keine Wirkung mehr für mich. Fritz und ich haben nicht miteinander geschlafen, er hätte es sich so gewünscht und ist total begeistert von meinem Äußeren. Schmeichelnd möchte man meinen, mich lässt das aber kalt. Er hat es gemerkt und ich bin dann auch viel früher als geplant nach Hause gefahren. Die Tränen sind mir beim Autofahren nur so runter gekullert. Ich weiß wirklich nicht mehr, was ich *noch hier soll. Das Leben bzw. das Fühlen geht an mir vorbei, ich lebe in einer total anderen Welt, die mit dieser nicht zusammenpasst. Jeder Tag geht an mir wie ein Film vorüber, ich verstehe keine Späßchen mehr, nehme alles todernst. – So ein Mensch stellt mit der Zeit doch eine Belastung dar, ist ein Spielverderber bzw. ein Stimmungskiller. Ich bin ein bizarres Lebewesen, das verloren in irgendeiner Zwischenwelt sein Dasein fristen muss.*

So, nun sollte ich eine Entscheidung treffen: für oder gegen eine Beziehung mit Fritz. Ich sag, es ist unmöglich. Es gibt zwar einige Gemeinsamkeiten, nur möchte ich nicht andauernd die Dinge ausdiskutieren oder totreden. Ich fühle mich bevormundet und überrumpelt, wurde mit seiner Zuneigung überfallen. Das ständige Halten, Schmusen und stündlicher Kuss sind unerträglich. Ich werde es beenden, bevor überhaupt was begonnen hat. Es ist sowieso besser, allein zu bleiben, so kann ich niemanden verletzen und es werden keine zusätzlichen Ansprüche an mich gestellt. Dann kommt mich auch niemand in meiner Wohnung besuchen, was ich eh nicht ausstehen kann. Ist ja auch komisch: In meiner Wohnung möchte ich alleine sein, es soll niemand meine Ordnung stören oder in meine Welt eindringen. Das ist mein Rückzugsgebiet und könnte zu viel von mir verraten.

Meine Gedanken laufen so quer. Ich will mich mit gar keinem Thema bzw. Problem auseinandersetzen. Es ist mir alles zu viel. Wäre doch nur so etwas wie ein „Reset" möglich! Eigentlich bin ich verzweifelt! Die Arbeit macht mir keine Freude, der neue Job macht mir Angst und eine neue Beziehung würde mich erdrücken. Wow! Das soll lebenswert sein?! Nie und nimmer.

Fritz machte sich mit Selbstvorwürfen fertig und suchte die Schuld, dass einiges ziemlich schiefging, nur bei sich. Er schrieb mir einen sehr ergreifenden Brief, in dem er mir seine Gedanken, Gefühle und Wünsche offenbarte. Trotzdem entschied ich mich gegen ihn, was ihn sehr verletzte.

Das Leben nahm seinen gewohnten Lauf bis ich in einem Lokal Bekanntschaft mit Manuel, einem Deutschlehrer, machte. Wir waren beide Stammgäste in dem Lokal, kannten uns schon längere Zeit vom Sehen. Der Ober verwickelte uns in ein Gespräch, sodass eine heiße Diskussion entbrannte. Im weiteren Verlauf des Abends kamen wir auf Lyrik und Interpretationen zu reden und ich sagte ihm zu, einige meiner Texte zur Interpretation für seine Schüler zur Verfügung zu stellen. Wir pflegten Kontakt über E-Mails und verabredeten uns nach einiger Zeit zum Essen. Manuel war von mir und meinen Deutschkenntnissen total beeindruckt und überschüttete mich förmlich mit Komplimenten. Nach einigen Dates gestand er mir, dass er sich in mich verliebt hätte. Auch ich hegte Gefühle für ihn, wollte es aber langsam angehen lassen. Ich zog tatsächlich eine gemeinsame Zukunft in Betracht und verfasste voll Freude über diese positive Wende nachstehendes Gedicht:

Das Leben scheint die erste Zeit still zu steh'n.
Du verkriechst dich, willst niemanden mehr seh'n.
Es ist einfach unmöglich, auch nur in dich zu geh'n.

In Sturzbächen kommen dir die heißen Tränen,
der tiefe Herzschmerz ist auch noch zu erwähnen.
Nachts knirschst du vor Kummer mit den Zähnen.

Ständig kommen dir schöne Zeiten in den Sinn.
Es zieht dich immer noch ganz stark zu ihm hin.
Zugleich ist dir klar, es liegt keine Zukunft drin.

Schließlich wurden dir auch Kränkungen zugefügt.
Du ahntest doch, dass er dich des Öfteren betrügt
Und dich in allen wichtigen Belangen nur belügt.

Deine arglose Liebe wurde verhöhnt und verlacht.
Darum hast du endlich einmal an dich gedacht
und den ersten richtigen Schritt für dich gemacht.

So hast du den Weg zu dir selbst eingeschlagen
und trägst die vollen Konsequenzen ohne Klagen,
beginnst jedoch alles und jeden zu hinterfragen.

Eine schmerzliche Lebensphase liegt nun hinter dir.
Dein neues freudevolles Leben beginnt jetzt und hier,
ohne einsames ich, sondern im gemeinsamen WIR.

Innerhalb mehrerer Wochen entwickelte sich eine ziemliche Vertrautheit bis ich meinte, über meinen Schatten springen zu müssen und ihn bei mir übernachten zu lassen. Mit dieser einen Nacht wurde alles zerstört, weil ich wieder nicht auf mein Gefühl gehört hatte. Ich war für eine körperliche Annäherung einfach noch nicht bereit, tief in mir sträubte sich alles dagegen, aber ich musste mich ja selber übergehen. Manuel setzte ich über meine Probleme in Kenntnis und erklärte ihm, dass Sex für mich nicht mehr so schnell in Frage käme. Ich fand den Mut zu mir selbst zu stehen und traf authentische Entscheidungen. Nach dem Schreckenserlebnis jener Nacht fing ich an, mich zurückzuziehen und Körperkontakt zu scheuen. Manuel mimte den Verständnisvollen und Geduldigen, legte aber jedes Wort auf die Waagschale. Manchmal war es schon mühsam, genau überlegen zu müssen, was ich sagte, sonst folgte wieder ein unfreiwilliges Interview. Noch einmal wollte ich so etwas nicht über mich ergehen lassen. Ich fühlte mich dabei in die Ecke gedrängt und zweifelte wieder an mir. Diese Situation zog nachstehende Gedankengänge nach sich:

So, da bin ich wieder an einem bekannten Punkt angelangt: Die Zeit mit Manuel war so schön und so oft habe ich die berühmten drei Worte noch nie zu hören bekommen. Da erfüllt sich doch der Traum so vieler Frauen. – Warum fühle ich mich dann so komisch? Ich werde traurig, bekomme Beklemmungsgefühle und möchte am liebsten auf und davon!

Irgendwie fehlt mir die wahre Freude. Ich gehe regelmäßig zum Training, jogge, skate und fahre Rad – und immer ist dieses Muss, der Zwang in mir. Erst im Nachhinein empfinde ich etwas wie Genugtuung oder das beruhigende Wissen, „ich hab' was geleistet".
Beim Laufen beobachte ich Vieles aufmerksam: Die Natur erwacht, die Vögel zwitschern und die Sonne küsst mit ihren Strahlen meine Haut. Es wäre so schön, nur ich mein dann immer, ich versäume etwas, bin getrieben. Was ist es, das mich nichts wirklich genießen lässt?

Manuel und ich haben miteinander geschlafen – und ich konnte es nicht wirklich genießen. Ich schäme mich meines Körpers, kann mich nicht fallen lassen. Mir kommt Sex so mechanisch vor – war da jetzt Liebe dabei oder nicht? Wie fühlt sich Sex aus und mit Liebe an? Diese Art von Körperkontakt sagt mir nicht mehr viel, könnte darauf verzichten.

Als Manuel bei mir geschlafen hat, war ich froh, als er wieder gegangen ist. Ich komm' damit nicht klar, ständig jemanden um mich zu haben, fange an quirlig zu werden und bekomme den „Putzfimmel". Bin ich dann alleine, überkommt mich die gähnende Leere: ich weiß mit mir und meiner Zeit nichts anzufangen, bin unruhig und gereizt. Wenn ich das Training nicht hätte, wäre ich total verloren.

Nun steht der erste Arbeitstag in der neuen Firma an und Gefühle der Angst, Erwartung und Gleichgültigkeit jagen sich gegenseitig. Der Abschied von der alten Firma ist ziemlich gut gelaufen, ein totaler Schnitt, der hundertprozentig richtig ist.

Eigentlich hat doch jeder Mensch seine Visionen, Träume oder konkrete Ziele. Ich plane nicht einmal einen Monat im Voraus. Na ja, Wünsche bzw. Bilder wären schon da: zufrieden stellender Job, ein eigenes kleines Häuschen mit Garten und Sicherheit. Komisch daran ist nur, dass ich da nie einen Partner sehe. Zufriedenheit in allen Belangen wäre ein großer Wunsch von mir. Es wäre schön, morgens unbelastet aufzustehen – ohne dieses Muss, diesen Zwang; einfach Wissen, ich mach alles aus freien Stücken aus einer freien Entscheidung heraus und ich darf mich jederzeit „um-entscheiden".

Jetzt fällt mir wieder Manuel ein. Er hat so ein Misstrauen mir gegenüber, weil ich ihm gesagt habe, er sei der 6. Mann in meinem Leben und dann hab' ich das später auf 7 korrigiert. Da hat er sich gleich zurückgezogen ist auf eine Art eigenartig geworden. Ich rühme mich dessen nicht, schon so viele Männer gehabt zu haben. Im Gegenteil, ich schäme mich unheimlich dafür und würde das am liebsten aus meinem Gedächtnis streichen. Bei den Zeugen Jehovas hätte ich das Kainsmal einer „Hure".

Wegen Fritz hat sich Manuel so viel Gedanken gemacht, was sein Misstrauen noch mehr geschürt hat. Ist ja schon eigenartig, mich interessiert Manuels „Weiberkarriere" dagegen nicht im Geringsten. In einer E-Mail habe ich alles klargestellt und bin jetzt gespannt, wie Manuel reagiert. Wenn er jetzt Schluss machen würde, wäre es mir auch egal. Eine gescheiterte Beziehung ist ja nichts Neues für mich.

Leider stellte er sich selbst ins Aus, als sich eine SMS an meine Adresse verirrte, in dem er seinem „Busenfreund" sein Leid klagte, dass er wieder nicht „zum Schuss" gekommen sei. Durch diese Doppelzüngigkeit und Unehrlichkeit mir gegenüber erstarb mein Vertrauen zu ihm, wodurch wir keine gemeinsame Basis mehr hatten. Ich beendete unsere „Liaison". In seinem Zorn schrieb er mir einen mit Vorwürfen voll bespickten Brief und legte dem einen Bericht über eine gescheiterte Beziehung zu einer „Borderlinerin" aus dem Internet bei. Manuel versäumte nicht, in dem Bericht alle Parallelen zu uns zu markieren und einzuräumen, dass ich für ihn gestorben sei. Er wusste anscheinend genau, wie er mich verletzen konnte und tat es in doppelter Hinsicht: Ich sah mich nie als Borderlinerin, wehrte mich vehement gegen diese Diagnose und der Tod übte nach wie vor eine eigenartige Anziehung auf mich aus. In der Mitteilung, dass ich für ihn gestorben sei, fühlte ich mich schon fast aufgefordert, aus dieser Welt zu scheiden. Wie auch immer, er erhielt seinen Brief mit meinen Anmerkungen darauf zurück. Ich blieb ihm nichts schuldig, denn ich nahm bei Gott kein Blatt vor den Mund.

Der neue Job bei der Wirkwarenfirma entpuppte sich als Nerventöter. Der Umgang der Mitarbeiter untereinander zeugte von keinem Anstand. Gereizt schmiss man sich gegenseitig die Papiere auf den Tisch und das Telefon wurde nicht aufgelegt, sondern „aufgeknallt". Ständiges Fluchen und Schimpfen über alles und jeden bildete die Geräuschkulisse. Der Kontakt zu den Kunden oder Ausrüstern beschränkte sich auf total unpersönlich gestaltete E-Mails. Ich erhielt den Eindruck, dass in dem Unternehmen eher gegeneinander, anstatt miteinander gearbeitet wurde. Diese Tätigkeit entsprach absolut nicht dem Bild, das man mir davon gezeigt hatte. So unwohl und fehl am Platz bin ich mir bei keiner Firma vorgekommen. Mein Körper reagierte mit Magenkrämpfen auf diese unhaltbare Situation. Nach ein paar Tagen Krankenstand kamen mein Vorgesetzter und ich überein, dass es so keinen Sinn hätte und wir lösten einvernehmlich das Dienstverhältnis. – Früher hätte ich mich als Versager gefühlt, aber jetzt sah ich das ganz anders. Ich stellte Ansprüche an mein Arbeitsumfeld, wollte mich mit meinem Job identifizieren und zog die notwendigen Konsequenzen.

Nicht einmal stiegen Existenzängste in mir hoch. Ich verfügte über mehr Selbstvertrauen und scheute mich nicht, Hilfe zu holen, wenn ich welche benötigte. Komischerweise musste ich nie nachfragen, sie wurde mir von allein angeboten und ich konnte sie tatsächlich dankend annehmen – das war doch wirklich einmal was ganz Neues.

XIII. Großes Aufräumen

GEGENSÄTZE

In manchen Büchern
wird eine schlaue Idee gelehrt,
dass es aus Prinzip
in allem Gegensätze geben muss:
Sei es Gut und Böse,
heiß und kalt, Anfang oder Schluss,
was doch im Grunde
die Verwirrung eher noch vermehrt.

Schon im zwischenmenschlichen Bereich
stellen sich die Fragen:
Findet dieses Prinzip
in der Partnerschaft Bedeutung?
Birgt es nicht die Gefahr,
von Forderung und Ausbeutung?
Der Eine frönt dem Genuss
und der Andere den Plagen.

Oder sei der Gedanke
nur auf die eigene Person beschränkt:
Gefühlsmäßig Achterbahn zu fahren –
ist das der Sinn?
Da schwindet doch sicher
bald die Lebenskraft dahin:
In einer Minute freudig,
in der nächsten schon gekränkt?!

Der Verlust bringt demnach
gleichzeitig einen Gewinn.
Hat man einmal was verloren,
wird dessen Wert bewusst.

Leider kommt ein Gegensatz zum Tragen:
Frust statt Lust.
Dem was Positives abzuringen,
ist scheint's nur ein Gespinn.

Nun ein Versuch, die Idee
einmal ganz allgemein zu halten:
Der Gegensatz hat den tiefen Sinn,
Ausgleich zu bringen.
Feuer durch Wasser, Hass durch Liebe –
einfach in allen Dingen.
Das ist wieder ein Punkt,
wo sich die Meinungen Vieler spalten.

Ist es denn unmöglich,
die Dinge so zu nehmen, wie sie sind?
Liebe, Wärme und Freude
bloß anzunehmen und zu genießen,
ohne sich diese Gefühle
durch irgendeinen Gegensatz zu verdrießen,
wäre eigentlich keine große Kunst,
das beherrscht jedes kleine Kind.

So würde jede Sache
in ihrer Art hingenommen,
egal ob sie sich guter
oder schlechter Natur erweisen.
Kraft und Gedanken
würden um das Aktuelle kreisen.
Es können und werden
auch andere Zeiten kommen.

Lebt doch alle so,
wie es euch richtig erscheint.

*Die Menschen haben von allem
ihre eigene Sicht.
Es liegt in ihrem Empfinden,
ist es Schatten oder Licht,
Mit oder ohne Gegensätze,
ganz so wie es jeder meint.*

Von der Arbeitslosigkeit ließ ich mir nichts anhaben, war ja keine neue Situation. So führte mich mein nächster Weg zum Arbeitsmarkservice, um einen Antrag auf Arbeitslosenunterstützung zu stellen. Im Gedanken führte ich schon Streitgespräche mit der Beraterin und überlegte mir genauestens, mit welchen Argumenten ich ihre möglichen Vorwürfe abweisen könnte. – Es kam ganz anders. Die Beraterin empfing mich sehr freundlich, nahm sich Zeit für mich und schien sogar persönliches Interesse daran zu haben, mir behilflich zu sein.

So, nun musste ich dafür sorgen, meine Fixkosten von € 1.100,00 zu vermindern. – Mit € 920,00 Arbeitslosengeld ging die Rechnung nicht auf. Als nächstes stellte ich einen Antrag auf Mietzuschuss, der nur über das Gemeindeamt mit allen möglichen Bestätigungen verschiedener Institutionen eingereicht werden durfte. Auch die Beibringung der Dokumente bereitete mir absolut keine Probleme. Ich schämte mich keineswegs, diese Unterstützung in Anspruch zu nehmen, was wirklich eine neue Erfahrung für mich war. Früher hasste ich es, als Bittsteller an jemanden heranzutreten.

Mit dem Gedanken, dass ich sowieso nichts verlieren könnte, nahm ich Kontakt zu meinem Ex-Mann Hans-Karl auf, um ihn um eine Reduzierung meiner Unterhaltszahlungen für die Kinder zu bitten. Zu meiner großen Überraschung und Freude, kam er mir entgegen und verlangte nur noch die Hälfte der Unterhaltssumme. – Natürlich würde ich das nicht schamlos ausnützen und wieder die volle Höhe leisten, sobald ich einen Job hätte.

Dann erhielt ich die gute Nachricht vom Finanzamt, dass mein Konto ein Guthaben ausweisen würde, das ich umgehend ausbezahlen ließ, um mein „kränkelndes" Konto aufzubessern. – Wieder eine Belastung weniger! Das Glück war endlich auf meiner Seite und die Existenzängste legten sich etwas.

Aber eine Sache nagte noch unheimlich an mir: das schlechte Verhältnis zu meiner Mutter. Trotz aller Verletzungen und Entbehrungen, die sie mir zugemutet hatte, vermisste ich sie sehr. Mir wurde plötzlich ganz klar bewusst, dass ich meine Mutter brauchte, egal, wie erwachsen ich war. Sie hat versucht, ihr Bestes zu geben, mehr konnte man doch von einem Menschen nicht erwarten! Es käme dem gleich, aus einem 3-Liter-Gefäß trotz besseren Wissens vier Liter herausholen zu wollen. – Das war ein Ding der Unmöglichkeit. Bloß wie sollte ich wieder auf sie zugehen? Anrufen getraute ich mich nicht und einfach bei ihr auftauchen schon gar nicht. Ich hatte richtig Angst vor ihrer „autoritären" Art. Also schrieb ich ihr eine SMS mit dem Wortlaut: „Liebe Mama! Ich würde dich gerne besuchen. Ist dir das Recht? Wenn ja, sag mir bitte, wann." Obwohl es schon Mitternacht war, rief sie mich zurück und redete mit einer so weichen Stimme und lieben Art mit mir, dass mir die Tränen in die Augen schossen. Nervös und voll Freude sah ich unserem Wiedersehen entgegen.

Ein paar Tage vor dem geplanten Besuch bei meiner Mutter traf ich mich mit meiner Freundin Elke, die vor dem Abschluss ihrer N(euro) L(inguistisches) P(rogrammieren) – Ausbildung stand und mir mit ihrem Wissen unheimlich geholfen hat. Das lief wie folgt ab: Wir gingen von meinem Gefühl aus, das mich an meinem Weiterkommen hinderte und sich durch massivem Druck auf der Brust und „Hirnleere" äußerte, sobald ich meinte, unter Leistungsdruck zu stehen oder Erwartungen nicht erfüllen zu können. Jede Situation in meinem Leben, bei der dieses Gefühl aufkam, wurde auf einem Blatt mit Datum notiert und auf den Boden gelegt. Das war sensationell, ich konnte mich sogar bis zu meiner Geburt zurückversetzen, wo die Symptome am massivsten auftraten. Schon bei meiner Geburt hatte ich Angst, dass mich meine Mutter nicht annehmen bzw. ich ihren Ansprüchen nicht genügen würde. Ich brach in Tränen aus. Nun sollte ich daran denken, was ich mir gewünscht hätte und die Gefühle förmlich aufsaugen, die ich bei der Geburt meiner Kinder empfand. Mit diesen aufgetankten Gefühlen ging ich wieder auf die Situation meiner eigenen Geburt zurück und plötzlich war alles anders. Genial! Ich hatte das Bild vor Augen, wie meine Mutter ihre Arme nach mir ausstreckte und mich förmlich den Händen der Hebamme entriss. Keine Sekunde wollte Mama von mir getrennt sein. So programmierte ich mich selber um und konnte mit dem neuen, positiven Gefühl alle anderen Situationen ganz anderes erleben. Wie „leicht" das Leben doch sein kann, wenn man weiß, dass man geliebt wird!

Jenes besagte Bild meiner Geburt rief ich immer wieder ab, als ich zu meinen Eltern fuhr und war somit bestens für das Gespräch vorbereitet. Lächelnd öffnete mir Mama die Tür und umarmte mich. Wir sprachen anfangs über ganz unverfängliche Themen, bis sie von sich aus über alles zu reden begann, was mich schon lange beschäftigte. Ich bekam auf jede Frage eine ehrliche und offene Antwort. Auf den Inhalt meiner gestellten Fragen möchte ich nicht eingehen, das ist die Geschichte meiner Mutter und es steht mir nicht zu, sie in die Öffentlichkeit zu tragen. Nach diesem Gespräch sah ich meine Mutter mit ganz anderen Augen, sie genießt seitdem meinen vollen Respekt und meine Hochachtung, auch wenn unsere Meinungen in religiösen Dingen auseinandergehen. Ich musste Mama einfach noch erzählen, wie sehr mich ihre Reaktion auf mein SMS berührt hatte. Mit den Worten, „ich liebe und brauche dich, Mama", fielen wir uns in die Arme und weinten. – Diese Stunden mit meiner Mama werde ich nie vergessen; meine Gefühle der Erleichterung, Dankbarkeit, Freude und Liebe lassen sich nicht in Worte kleiden.

Eigenartiger Weise sollte sich noch mehr in meinem Leben regeln, denn Susi, die Clubgenossin, auf die ich wegen Melanie so eifersüchtig war, kontaktierte mich. Wir verbrachten einen netten Nachmittag miteinander und sprachen uns aus. Susi imponierte mir, weil sie den Mumm hatte, Georg den Kopf zu waschen, als er meine Einstellung zur Treue und Beziehung ins Lächerliche ziehen wollte. Sie erzählte mir sehr viel aus ihrem Leben, was ich als Vertrauensbeweis wertete. Durch diese Aussprache löste sich meine Eifersucht in Nichts auf.

Langsam lernte ich, mich abzugrenzen und Entscheidungen zu treffen, mit denen ich mich voll identifizieren konnte. Manchmal kam ich mir zwar richtig böse vor, wenn ich jemandem etwas abgeschlagen hatte, aber nachher war ich richtig stolz, dass ich es geschafft hatte. Ich ließ mir einfach nichts mehr aufdrängen, nur um als „normal" gewertet zu werden. Was ist Normalität und wer ist berechtigt, das festzulegen? Mir war klar, dass es stimmungsmäßig immer auf und ab gehen würde, aber von dem abgesehen, bestimmte ich allein über mein Leben. So lange ich mich auf nichts einließ, was gegen mein innerstes Wesen war, fiel das unter meinen Begriff von „normal".

Nun hieß es einen neuen Job zu finden. Mein Nachbar war mir da eine sehr große Hilfe und wies mich darauf hin, dass in seinem Unternehmen im Bereich Automobilindustrie in Schweiz eine Stelle im Qualitätsmanagement frei wäre. Umgehend bewarb ich mich dort und wurde prompt zu einem Vorstellungsgespräch eingeladen. Melanie wollte mich dahin chauffieren, weil mein Auto in der Werkstatt war. Zu meinem Leidwesen starb Melanies Auto des Öfteren auf dem Weg zur Firma ab, sodass ich mich um eine halbe Stunde verspätete. Der zuständige QM-Manager sah das ganz locker und weihte mich in meinen Aufgabenbereich ein – ich sollte die französische Kundschaft Peugeot und Inergie betreuen. Natürlich würde ich von meinem Vorgänger und ihm bestens eingearbeitet werden. Um meine Französischkenntnisse zu testen, machte der einen Firmenrundgang mit mir und erklärte mir alles in französischer Sprache. Anscheinend schnitt ich gut ab, denn ich bekam genau zu meinem Geburtstag den Zuschlag für diese Stelle. Am 1. Juli ging es los und mir wurde erst jetzt klar, wie lange eigentlich mein Arbeitsweg war bzw. wieviel kostbare Zeit ich dadurch verlor. Mein Vorgänger hatte mit seiner neuen Aufgabe unheimlich viel zu tun und zeigte mir fast gar nichts, nur sein Chaos in seinen Unterlagen. Ich musste alles selbst zusammensuchen und zeitlich ordnen. Viele notwendigen Messberichte oder Unterlagen fehlten einfach. Mein Vorgesetzter übergab mir so im Vorbeigehen meinen Zugangscode für die Arbeitsprogramme, also musste ich mich selbst da durchkämpfen oder meine Arbeitskollegen fragen. Wir saßen zu sechst in einem sehr kleinen Büro ohne Fenster mit Blick in die Produktion. Der Lärmpegel war enorm hoch durch die Stanzerei, die Telefone auf jedem Schreibtisch und die drei verschiedenen Radioprogramme, die täglich liefen. Dazu kam noch der Lärm einer defekten Klimaanlage – das nervte mich unglaublich.

Mein Arbeitskollege Peter griff mir unter die Arme und brachte mir Vieles bei. Er hatte richtig Mitleid mit mir, wie eigentlich jeder in diesem Unternehmen. Als neue Verantwortliche für die Franzosen bekam ich von allen zu hören, wie leid ich ihnen tat oder Aussagen wie: „Du Arme, du." Die Situation spitzte sich zu, als Kundenbesuch zur Freigabe von neuen Teilen angesagt war. Ich fragte meinen Chef, wie diese Freigabe im Allgemeinen so abläuft, worauf ich keine Antwort bekam, sondern nur die Anforderung die PPAP-Ordner parat zu halten. Die ließen mich ganz schön im Regen stehen und mir schien alles über den Kopf zu wachsen. Nirgends bekam ich Unterstützung, keine richtige Einschulung hatte stattgefunden und nur blöde sexistische Sprüche waren seitens meines Vorgesetzten zu hören. Sämtliche Unterlagen eines Produktionsordners musste ich drei Mal neu erstellen, weil keiner eine Ahnung von den neuen Teilen hatte, die sowieso ständig außerhalb der Toleranz waren. Mir setzte das Ganze dermaßen zu, dass ich wieder anfing mich an den Unterarmen zu ritzen und Panikattacken stellten sich ein. – Eine psychische Talfahrt vom Feinsten begann. Auf keinen Fall wollte ich mich noch einmal in so einen derartigen

Ausnahmezustand wie im Jahr 2006 bei meinem Suizidversuch befinden und holte mir Hilfe bei der psychischen Ambulanz im Landeskrankenhaus. Ich war ja so froh, dass mich der Arzt meines Vertrauens behandelte und mir ohne Umschweife mitteilte: „Entweder Sie kündigen diese Stelle umgehend oder ich lese dieses Wochenende Ihre Todesanzeige." Sollte ich wieder einen Job nach so kurzer Zeit in den Sand setzen, nach nur sieben Wochen? Ich war es mir selber wirklich wert und teilte meinem Chef in einem persönlichen Gespräch meinen Entschluss mit. Nachdem ich mich sowieso noch in der Probezeit befand, konnte ich innerhalb einer Woche dieses Dienstverhältnis beenden. Mein Chef war ganz schön sauer und warf mir vor, dass ich ihn belogen hätte. Der führte wohl Selbstgespräche.

Also war ich wieder arbeitslos, mitten im August. Auf dem Arbeitsmarkt war natürlich um diese Zeit nicht viel zu holen, dennoch blieb ich dran und schrieb fleißig Bewerbungen. Trotzdem genoss ich den Sommer und die Sonne am Baggersee, wo ich dann Mark kennen lernte. Eigentlich kannte ich ihn ja schon vom Sehen, weil er Kunde bei Melanies Firma war. Nachdem Mark bei einer Umweltinstitution arbeitete und die Baggerseen zu beaufsichtigen hatte, trafen wir uns sehr oft dort und lernten uns näher kennen. Wie sollte es auch anders sein, wir verliebten uns ineinander. Wir hatten einiges gemeinsam, denn auch er hatte einen Suizidversuch hinter sich, nur, dass er im Koma lag und noch heute psychische Probleme hat. Er litt sehr unter Alpträumen und sein von einem Unfall lädiertes Bein bereitete ihm unheimliche Schmerzen. Zu allem Unglück wurde er als Kind auch noch sexuell missbraucht. Leider war Mark nicht bereit, sich professionell helfen zu lassen. Manchmal hatte er richtige Aushänger und war dabei unheimlich aggressiv. In so einem Zustand schlug er einmal einen Zeugen Jehovas krankenhausreif, woran er sich bei Vorlage der Beweisfotos beim Gerichtsverfahren absolut nicht mehr erinnern konnte.

Mark benahm sich schon sehr eigenartig, kämmte sich zum Beispiel mit seiner Zahnbürste, oder schrieb mir nichts sagende SMS wie: „Corinna liegt geküsst im Keller, nur Mark, der war schneller." Seine Allgemeinbildung befand sich auch nicht gerade auf hohem Niveau. Als ich ihm den Tipp gab, seine Mitarbeiter über Aktuelles zu informieren und mit ins Boot zu nehmen, fragte er mich doch glatt, in welches Boot. Von meinen Büchern war er sehr angetan und wollte sich eines ausleihen. Und was lieh er sich aus? – Den Otto-Katalog. Ich möchte nicht überheblich sein, aber mit so was komme ich nicht klar.

Zu Weihnachten verkaufte Mark schon jahrelang Weihnachtsbäume und ich ging ihm dabei sehr gerne zur Hand. Arbeiten und so richtig Reinbuckeln konnte er wirklich. Er machte riesige Umsätze bei seinem Weihnachtsbaumverkauf. Aber wenn man seine Abrechnung ansah, meinte man, ein Kind hätte das geschrieben – ein 8-jähriger in Schönschrift.

Seinen kleinen Sohn sah er nur zu allen heiligen Zeiten. Mit ihm konnte er absolut nicht umgehen. Sie trafen sich immer nur kurz auf einem Parkplatz, und Mark konnte nur Gespräche aus dem Auto heraus im Verhörstil führen.

Negatives Denken hatte einen neuen Namen: Mark. Als er erfuhr, dass Melanies große Liebe aus Tschechien stammt, wurde das Gelingen dieser Beziehung schon für unmöglich erklärt. So was könnte nie richtig funktionieren. Ich bin echt froh, dass er nicht Recht behalten hat.

Wir besuchten Melanie sogar zusammen in Deutschland. Die Anreise war die reinste Katastrophe mit Mark. Er sprach fast kein Wort die ganzen sechs Stunden und fürchtete sich unheimlich, sobald ich schneller als 120 km/h fuhr. Sein Bein schien ihn zu schmerzen, weil er es ständig hielt und sich eine Schmerztablette nach der anderen einschmiss. Er war jedoch nicht im Stande um eine Pause zu bitten und mir wurde es langsam zu blöde, ständig nachfragen zu müssen und dann eh keine Antwort zu bekommen. Als wir mit Melanies Schwiegereltern zusammensaßen, beteiligte sich Mark mit keinem Wort an der Unterhaltung und war so richtig im Delirium nach seinem übermäßigen Schmerzmittelkonsum. Eigentlich vermieste er mir den Aufenthalt dort schon ziemlich. Ich dachte ernsthaft daran, diese Beziehung zu beenden, sobald wir zu Hause wären. Mark tat mir absolut nicht gut. Denn er meinte einmal, wenn ich Suizid begehen wollte, würde er sich mir sofort anschließen und wir könnten gemeinsam gehen.

Zu meiner großen Freude kontaktierte mich ein Firmeninhaber auf meine Bewerbung hin um mit mir einen Vorstellungstermin zu vereinbaren. Es handelte sich um ein Unternehmen in der Elektronikindustrie, die eine Allrounderin mit QM-Erfahrung suchten. Als die beiden Chefs mich so freundlich begrüßten, fühlte ich mich sofort wohl. Ich hatte mich schon via Internet über dieses Unternehmen schlau gemacht und der Job dort versprach sehr interessant und abwechslungsreich zu sein. Wir waren gleich per „Du", besprachen offen und ehrlich die Gründe meiner beiden letzten kurzen Dienstverhältnisse. Meine beiden Chefs, teilten mir am Schluss der

Besprechung mit, dass ich genau das wäre, was sie sich gewünscht hätten, ich wäre ein Glücksgriff. Und tatsächlich bekam ich die Stelle mit Arbeitsbeginn am 1. Oktober 2008.

Ich war unheimlich glücklich. Es war wirklich ein sehr angenehmer Start bei der Firma. Am zweiten Tag feierten wir schon den internen Firmenfeiertag, den Gründungstag. Die Belegschaft machte einen Ausflug und abends gingen wir zusammen essen mit anschließendem Kegeln – sogar die jeweiligen Lebenspartner wurden dazu eingeladen. Ich gab Mark noch eine letzte Chance, die er bei dieser Firmenfeier komplett vergeigt hat. Nirgends nahm er Anteil, saß nur mit einem langen Gesicht am Tisch und jammerte, er hätte Schmerzen im Bein. Zwei Tage später beendete ich die Beziehung und Mark zog gekränkt von dannen.

XIV. Auftritt des Narziss

Nach der Trennung von Mark verlief mein Leben in einem geordneten Rhythmus. Meine Arbeit machte mir unheimlich Spaß, die Wertschätzung meiner Mitarbeiter genoss ich sehr. Auch das Fitnesstraining tat mir sehr gut und ich war ganz schön in Form. Leider musste ich erfahren, dass meine geliebte Ex-Schwiegermama im Sterben lag. Das traf mich sehr hart, weil ich sie wirklich sehr geliebt habe und sie auch nach der Scheidung noch manchmal im Pflegeheim besuchte. Voller Traurigkeit suchte ich sie auf, um mich von ihr zu verabschieden. Sie sah genauso wie meine Oma kurz vor ihrem Tod aus. Ich streichelte ihre Hand und bedankte mich für all ihre Liebe, die sie mir und den Kindern entgegengebracht hatte. Der Besuch fand gerade noch rechtzeitig statt, denn am nächsten Tag schied sie dahin.

Melanie reiste extra aus Deutschland zum Begräbnis an, denn sie liebte ihre Oma innig und war mit ihr tief verbunden. Die Verabschiedung in der örtlichen Kirche empfand sogar ich als Ex-Zeuge Jehovas als sehr ergreifend. Als schade empfand ich es schon, dass meine Kinder und ich nicht nebeneinandersitzen konnten. Ich fühlte mich unendlich traurig und allein gelassen. Aber meine Beiden machten das alles wieder wett, als sie mich am nächsten Tag überraschender Weise von der Arbeit abholten und mich zum Mittagessen einluden.

Wie schön, dass Melanie ihren Aufenthalt verlängerte und sich viel Zeit für mich nahm. Wir genossen es immer schon, zusammen in ein beliebtes Restaurant zu gehen und an der Bar die Leute zu beobachten. Also standen wir da am Tresen und mussten schon über zwei Männer uns gegenüber lachen, weil sie so gegensätzlich aussahen und ständig zu uns rüber schauten. Der Eine war dunkelhaarig, klein und von stämmiger Natur, der Andere grau, groß und ziemlich dünn. Als ich an denen auf dem Weg zur Toilette vorbeigehen musste, ergriffen sie die Gelegenheit mich anzusprechen. Sie wollten wissen, ob wir Schwestern wären, denn sie würden schon lange rätseln, wie wir zueinander stünden – so vertraut, wie wir miteinander umgingen. Als sie erfuhren, dass wir Mutter und Tochter waren, überschüttete mich einer der Herren namens Gerry nur so mit Komplimenten. Wir wurden zu einem Getränk eingeladen und erfuhren, dass die beiden gerade vom Sport kamen. Es kam zu einem anregenden Gespräch über Sport, Ernährung und Fitness allgemein und als Melanie auch Mal für kleine Mädchen musste, wollte Gerry gleich ein Date mit mir vereinbaren. Er machte wirklich einen sehr guten Eindruck, schien Manieren und auch etwas im Kopf zu haben. Warum eigentlich nicht? – Ich stimmte zu. Bei der Gelegenheit wollte ich ihm ein Kochbuch bringen, weil er seit seiner erst kurz stattgefundenen Scheidung nur von kalter Küche lebte.

Wir trafen uns wieder in dem In-Lokal und unterhielten uns ziemlich gut. Gerry erzählte mir von seiner gescheiterten Ehe und mied aber näher auf seine berufliche Tätigkeit einzugehen. Er sagte nur, dass er beim Bezirksgericht arbeiten würde und so was wie ein Staatsanwalt wäre. Natürlich hat mich das beeindruckt und neugierig auf seine Fälle gemacht. Bei diesem Treffen erwähnte er auch wie traurig er wäre, weil das kommende Weihnachten wohl sehr einsam für ihn ausfallen würde und es nichts Festliches zu essen geben würde. Ich weiß auch nicht, welcher Teufel mich geritten hat, als ich ihm versicherte: „Wir werden schon dafür sorgen, dass du schöne Weihnachten verbringst und zumindest etwas Vernünftiges zu essen bekommst." Mit „wir" meinte ich eigentlich nicht mich alleine, sondern bezog alle seine Bekannten und Freunde mit ein.

Es verstrich einige Zeit bis wir wieder Kontakt zueinander hatten. Nachdem Gerry sich begeistert über Pilates äußerte, lud ich ihn telefonisch zu unserem Tag der offenen Tür ins Fitness Studio ein. Da hätte er die Möglichkeit so etwas wie kostenlose Schnupperstunden vom ganzen angebotenen Repertoire des Studios zu nutzen. Das schien ihn nicht sehr zu interessieren, aber dafür lud er mich zum Abendessen nach dem Event ein. Wir sollten uns dann in einer bekannten Pizzeria treffen. So schleppte ich mich nach vier Stunden

Training hundemüde dorthin. Gerry saß dort wie ein Krösus, bestellte großzügig ein Getränk nach dem anderen und führte fast schon einen Monolog. Mann, war ich froh, als wir uns endlich auf den Nachhauseweg machten.

Kurz danach rief mich Gerry an, weil er mir unbedingt einen interessanten Film über seinen Lieblingssport bei sich zu Hause zeigen wollte. Na ja, so scharf war ich auf diesen Film auch wieder nicht, aber ich war neugierig, wie Gerry so wohnte. Schließlich hatte er ja mehrmals von seiner Penthouse Wohnung im High-Society-Wohngebiet der nächsten Stadt erzählt. Gerry machte eine Führung durch die Wohnung, wie bei einer Verkaufspräsentation. Jedes Bild, die echten Teppiche, die Marmorküche und sogar die Herkunft der David-Statue wurden genauestens dokumentiert. Ständig wies er auf den hohen Wert der Einrichtungsgegenstände hin. Mich beeindruckte das keineswegs, ein zuhause muss für mich gemütlich und wohnlich sein. Klar kannte ich schon einige Nachdrucke, die er an den Wänden hängen hatte, wie „Der Kuss" von Klimt zum Beispiel. Dass ich in solchen Dingen nicht ganz unbewandert war, begeisterte Gerry sehr und ich stieg wohl in seinem Ansehen. Den Film sahen wir übrigens nicht zu Ende, ich glaube, Gerry wollte einfach nur vor mir protzen.

Daraufhin besuchten wir zusammen den Weihnachtsmarkt in einer angesagten Einkaufsstadt. Es war wirklich sehr angenehm mit Gerry durch die Stände zu schlendern und anschließend noch durch die Geschäfte zu bummeln. Er hatte sehr viel Geduld und interessierte sich sehr für Mode und schöne Dekorware. In einem Geschäft kaufte ich sogar in seiner Anwesenheit Unterwäsche für mich, was ich sonst nie mit einem Mann zusammen gemacht habe. Auch da meinte er, mitreden zu müssen, aber da wies ich ihn in seine Schranken mit den Worten, dass er mich in diesen Sachen sowieso nie sehen würde. Das schien ihn sehr zu treffen, er war sich meiner wohl schon ziemlich sicher. Dabei war nie ein Wort in Richtung Beziehung oder Interesse daran gefallen. Im nächsten Geschäft ließ er es sich nicht nehmen, mir hochhackige Stiefel als Weihnachtsgeschenk zu kaufen. Die gefielen ihm so gut, dass er sie mir richtig aufdrängte. Also nahm ich sie halt an.

Weihnachten rückte immer näher und Gerry sah es für selbstverständlich an, dass ich ihn bekochen würde. Das hatte ich nun von meinen großen Sprüchen, jetzt musste ich wirklich zu meinem voreilig geäußerten Wort stehen. Gerrys Küchenrat ließ sehr zu wünschen übrig, anscheinend hatte seine Exfrau alles mitgenommen. Da waren nur Einzelstücke an Tellern oder Besteck aufzufinden, in dem Inventar war absolut kein System – von den Riedelgläsern in der Vitrine mal abgesehen. Also gab es ein eher einfaches Menü bestehend aus Reis, Gemüse und Crevetten. Gerry hatte wohl schon längere Zeit nichts mehr Ordentliches gegessen, denn er schwärmte dermaßen von meinen Kochkünsten. Dass da kein Weihnachtsbaum mit vielen Geschenken darunter im Wohnzimmer stand, kränkte Gerry so sehr, dass er weinen musste. Noch nie in seinem Leben sei er zu Weihnachten so leer ausgegangen. – Ein kleiner Hinweis, wo die Wertigkeiten des Gerry lagen.

XV. Mehr Schein als Sein

Das heulende Elend zu Weihnachten gab mir sehr zu denken. Ich fühlte mich zu dem Zeitpunkt psychisch für eine komplizierte Beziehung nicht stabil genug. Es wäre wohl besser, das Ganze gar nicht erst zu vertiefen. Sollte sich Gerry nochmals bei mir melden, würde ich ihm das schonend beibringen. Auf meinen Wunsch hin trafen wir uns dann auch tatsächlich einige Tage später in der Stadt. Ich wollte einfach sicher sein, dass ich jederzeit das Feld verlassen konnte. Als ich Gerry eröffnete, dass wir uns wohl das letzte Mal getroffen hätten, fiel er aus allen Wolken und beschwatzte mich wie ein krankes Pferd. Ich glaube, wir haben währenddessen die Stadt mehr als zehn Mal umrundet. Wir verblieben schlussendlich so, dass ich mich melden würde, wenn es mir besserginge. Diese Vereinbarung schoss der feine Herr einfach in den Wind, denn er rief mich schon am nächsten Tag wieder an. Er meinte, er hätte sich beim sehr bekannten Psychiater über den Umgang mit Borderlinern (bekanntlich wurde ich als solcher eingestuft) informiert. Gerry pochte förmlich darauf, dass ich wieder mein seit längerer Zeit abgesetztes Medikament einnehmen sollte. Ehrlich gesagt, hatte er gar nicht so Unrecht, es ging mir wirklich ziemlich schlecht – darum rang ich mich dazu durch, diesen Ratschlag anzunehmen und ich fühlte mich schnell besser.

Mit dem Computer befand sich Gerry ganz schön auf Kriegsfuß – seinen neu erworbenen Laptop hatte er auf alle Fälle nicht im Griff und kannte sich mit den Programmen gar nicht aus. Also griff ich ihm unter die Arme und half ihm, Unterlagen für ein Sport Camp zu erstellen. Dabei verbrachte ich unzählige Stunden im Anschluss an meine langen Arbeitstage – dass ich noch keine viereckigen Augen hatte, grenzt an ein Wunder. Bei einer kleinen Pause beschlossen wir, doch zusammen einen Tanzkurs in einer renommierten Tanzschule zu belegen. Nachdem ich mit körperlicher Nähe schlecht umgehen konnte, war das ein gute Möglichkeit dem Problem Herr zu werden.

Beim ersten angesetzten Kurs schrieben wir uns ein. Tanzen machte uns unheimlich viel Spaß und wir lernten schnell. Die körperliche Nähe zu Gerry empfand ich zu meiner Überraschung sogar als angenehm. Wir nutzten jeden stattfindenden Kurs um unsere Tanzkünste zu perfektionieren – manchmal nahmen wir sogar drei Mal wöchentlich daran teil. Schon damals wunderte ich mich, dass Gerry so viel Zeit erübrigen konnte und auf meine Nachfragen nach seinem Arbeitstag immer ausweichend reagierte. Komischer Weise war er nun kein Staatsanwalt mehr, sondern so was wie ein Bezirksrichter. Er schwenkte dann ganz schnell um und erzählte mir zum Beispiel, dass er lange bei der Sitte beschäftigt war und es dort gang und gäbe wäre, sich zusammen mit Kollegen beschlagnahmtes Material reinzuziehen. Ich war schockiert, aber er fand nichts Schlimmes daran. Um aufs Tanzen zurück zu kommen: Gerry liebte es, sich selbst im Spiegel oder im Fenster beim Tanzen anzusehen und spitzte vor Verzückung oft den Mund. Er war so richtig selbstverliebt, dass ich ihm am liebsten den Mund wieder platt geklopft hätte.

So gingen die Tage, ja, Wochen dahin. Er holte mich fast täglich von zu Hause ab, wir gingen shoppen oder verbrachten einen netten Abend bei ihm zu Hause. Gegen Mitternacht fuhr ich aber immer gerne wieder heim. Wir ließen uns sehr viel Zeit bis zum ersten Kuss. Unvermittelt fragte Gerry mich beim Fernsehen, ob er mich küssen dürfte. Das empfand ich schon etwas eigenartig, die ganze romantische Stimmung ging mit dieser Frage flöten und der Kuss fiel auf eine Art einstudiert aus. Es dauerte eine ganze Weile bis wir uns schließlich auch sexuell näherkamen. Sein Anblick wie er da im Unterhemd dastand, schockierte mich. Er sah ausgehungert und ausgemergelt wie ein Äthiopier aus, die Knochen am Rücken standen richtig ab – schon fast ekelhaft, absolut abstoßend. Daneben kam ich mir wie eine Pomeranze vom Lande vor. Das, was ich zu viel hatte, hatte er augenscheinlich zu wenig. Na ja, nicht nur den ersten Sex mit Gerry empfand ich nicht gerade umwerfend, weil er dabei unter anderem Muskelkrämpfe bekam und ich einfach die innige Verbindung zueinander vermisste.

Nun musste die Küche so richtig auf Vordermann gebracht werden. Es gingen mehrere Stunden drauf, bis ich alle Kästen geputzt und nach System wieder eingeräumt hatte. Gerry überfiel beim Anblick des Chaos in der Küche in Panik und suchte umgehend das Weite. Doch mit dem Ergebnis war er wirklich sehr glücklich.

Allgemein lag Gerry sehr viel daran, den Zustand der Wohnung zwanghaft im Ausstellungsstatus zu halten. Wehe, ich ließ ein Buch auf dem Wohnzimmertisch liegen! Schon verfolgte er mich und nervte mich mit der Frage, ob ich das Buch noch brauchen würde. Diese Frage stellte er sowieso völlig unnötig, weil er es nicht ertrug, wenn etwas herumlag und alles sofort an seinen angestammten Platz brachte. Seine Ängste, es könnte etwas kaputtgehen, raubten uns einen großen Teil an Lebensqualität. Ganz schlimm zeigte das sich, als er ein Getränk auf den echten Perserteppich verschüttete. Sofort holte er ein Geschirrtuch, fiel auf die Knie und rubbelte wie verrückt am nassen Fleck rum und sagte mit weinerlicher Stimme: „Da darf kein Fleck drinnen bleiben." Zudem durfte ich ja nicht einen Stuhl zum Esstisch ziehen, sondern ich musste meinen Stuhl heben und dann absetzen. Es könnte sonst der Teppich durch „Zugspuren" beschädigt werden.

Mein Leben aus dem Koffer an den Wochenenden nervte Gerry gewaltig und er drängte mich immer wieder, zusammenzuziehen. Wir könnten doch so viele Kosten sparen und die Zeit miteinander intensiver genießen. Eine Entscheidung diesbezüglich zu treffen, fiel mir unheimlich schwer. Ich hatte doch gerade erst meinen Mietvertrag für meine kleine 2-Zimmerwohnung in einem kleinen Vorort verlängern lassen und schon die Vergebührung beim Finanzamt bezahlt. Ein Umzug würde für mich „richtig" sein, wenn ich umgehend einen Nachmieter finden würde; der sollte aber auch mein Mobiliar übernehmen. Und tatsächlich, ein Bekannter von Gerry suchte schon seit längerer Zeit eine passende Wohnung und war sofort von dieser Wohnung angetan. Also war die Sache geritzt und mein Umzug wurde auf Mitte Juni fixiert. Ich überließ diesem Bekannten mein neues Schlafzimmer, Garderobe, Badezimmermöbel und sämtliche Wohnzimmerkästen, ebenso Koch- und Essgeschirr ohne Ablöse zu verlangen. Die beiden roten Sofas mit Glastisch und handgefertigter Lampe und die Waschmaschine wollte mein Sohn Thomas haben. Mein Fahrrad durfte ich nicht mitnehmen, das sah Gerry zu schäbig aus.

Ich zog in jener Woche bei Gerry ein, in der er am Sport Camp im Ausland teilnahm. So konnte ich in aller Ruhe meine Sachen einräumen – übrigens überließ mir Gerry für meine Kleidung gerade Mal ein Drittel seiner Kleiderkästen.

Da soll noch Mal jemand behaupten, Frauen hätten zu viele Klamotten!!! Abends rief Gerry voller Kummer an und wollte wissen, wie es in der Wohnung aussah? Die Versuchung war einfach zu groß, natürlich musste ich ihn auf die Schippe nehmen und erwiderte: „Überall stehen Schachteln rum, der Teppich wirft schon Falten und alles ist verstellt. Da kommt sicher erst in drei Wochen wieder Ordnung rein." Der Aufschrei am anderen Ende des Telefons löste einen Lachkrampf bei mir aus.

Jetzt konnte Gerry nicht mehr umhin, mir die Wahrheit zu sagen: Es lief ein Verfahren beim Bezirksgericht gegen ihn und er war schon seit geraumer Zeit vom Dienst suspendiert. Ihm wurde vorgeworfen, durch Kopieren von Gerichtsakten für Anwälte und Versicherungen eine Summe von € 400.000,00 unterschlagen zu haben. Dazu kam noch, dass er die Kopien mit der Gerichtspost verschickte, aber das Porto den Adressaten verrechnete. Er beteuerte mir, dass er die Berechtigung dafür vom Gerichtspräsident hatte. Ach ja, er bekleidete auch nicht das Amt eines Bezirksanwalts, sondern war ein Dienststellenleiter.

So ein Hohn: Ein Gerichtsbediensteter, der es mit der Wahrheit absolut nicht genau nahm! Auf alle Fälle wurden auf diesen Verdacht hin alle seine Konten eingefroren und die Wohnung durchsucht. Vorher hatte er noch auf Anraten seines Anwalts das Kopiergerät von zu Hause entsorgt. – Hm, das konnte ich mir gar nicht vorstellen, es passte einfach nicht zu dem Gerry, den ich kannte: Nie und nimmer würde der irgendwo ein Kopiergerät aufstellen, geschweige denn Kopierpapier lagern. Das würde doch seine perfekte Ausstellungswohnung entwerten. In den Zeitungen bzw. im Internet wurde Gerry förmlich zerrissen. Tagtäglich zog sich Gerry

Kommentare in seinem Fall rein, um sich dann wie ein kleines Kind gekränkt zurück zu ziehen und mir die Ohren voll zu jammern. Unter einem Mann, der zu dem steht, was er getan hat, verstehe ich etwas anderes. – Genau, er hatte ja nichts getan, oder?

Wenn man mal nachrechnet, wie viel eine Wohnung mit so einer exklusiven Einrichtung in einem Prominentenviertel kostet, geht sich das niemals mit einem Beamtengehalt aus. Auch nicht mit zusätzlich gegebenen Sportstunden. In einer Minute ehrlicher Anwandlung gestand mir Gerry, dass er seine Exfrau nur des Geldes wegen geheiratet hatte, denn sie kam aus einer Unternehmerfamilie.

Meine Eltern lernten Gerry auf der Hochzeit meiner Nichte kennen. Er zeigte sich von seiner besten Seite und hatte meine Mutter im Nu mit seinem Charme eingewickelt. Das konnte er wirklich besonders gut, Menschen das sagen, was sie gerne hören, auch wenn es gelogen war. Zu mir sagte meine Mutter, ich soll mich von Gerrys Besitz nicht blenden lassen, ich glaube, sie führte Selbstgespräche. Schlussendlich war sie es, die völlig hin und weg von allem reagierte. Mir sollte es Recht sein, ich war einfach glücklich, dass endlich Mal ein Mann meinen Eltern passte. Ok, er war kein Zeuge Jehovas, aber Mama sah eine Chance, Gerry über mich (besser mit mir zusammen) für ein Bibelstudium zu gewinnen.

Ich ging völlig in meinem Bestreben Gerry zu verwöhnen auf. Jedes Wochenende kochte ich für die kommende Woche vor und backte für ihn sonntags einen Kuchen. Er liebte es, mir beim Bügeln zu zusehen und räumte jedes Kleidungsstück einzeln in den Kasten, sobald es fertig gebügelt war. Dass ihm das nicht zu blöde wurde, wunderte mich, er musste ja jedes Mal vom oberen in den unteren Stock laufen. Mich machte das ziemlich nervös, wenn er so dastand und wartete wie ein Apportierhund. Die Wohnung putzten wir gemeinsam jedes Wochenende, wobei Gerry das Saugen übernahm, damit keinesfalls die Saugbürste mit dem Teppich in Berührung kam und ihn irgendwie beschädigen könnte.

Finanziell einigten wir uns so, dass ich für die Lebensmittel aufkam, weil ich ja keine Miete mehr zu leisten hatte. Den Rest, also die Betriebskosten und Rückzahlungsraten verblieben Gerry. Er wollte mir weismachen, dass er seit seiner Suspendierung nur noch € 1.000,00 monatlich verdienen würde. Soweit ich informiert bin, werden in so einem Fall 80% des Durchschnittsgehaltes ausbezahlt! Weil mich sein Gejammer so nervte, habe ich öfters seine Strafen für Geschwindigkeitsüberschreitungen einbezahlt. Wollte er eine Rechnung nicht begleichen, ließ er sie einfach beim Papierkram oben auf liegen mit der Gewissheit, dass ich sie schon rechtzeitig begleichen würde – es funktionierte ja. Auch die Kosten für die Bepflanzung der Terrasse wurden von mir übernommen. Es machte mir riesig Spaß, die Blumen einzusetzen, auch wenn Gerry penibel mit Besen und Schaufel bewaffnet darauf achtete, dass keine Erde auf den Terrassenboden fiel. Habe ich schon erwähnt, dass Gerry unter einer „Schmutzphobie" litt?

Eine ganz andere Seite von Gerry lernte ich kennen, als ich die Buchsbäume in Form schnitt. Es fiel wirklich eine Menge Grünmüll dadurch an, doch Gerry wies mich an, diesen einfach über die Brüstung runter zu schmeißen. Der Hausverwalter hätte schließlich auch seine Aufgaben, für die er bezahlt würde. Mit schlechtem Gewissen tat ich das auch und einen Tag später stand der Hausverwalter schon vor der Türe und beschwerte sich über die von uns verursachte „Verschmutzung". Gerry stellte sich dumm und fragte, was er denn hätte tun sollen. Kaum war der Hausverwalter gegangen, fing Gerry in arroganter Art zu schimpfen an: „Wenn meine Rechtssache nicht wäre, wäre ich dem anders über den Mund gefahren und hätte ihm gezeigt, dass ich über ihm stehe! Dieser kleine Verwalter!"

Ich hasste diese Seite von Gerry aus tiefstem Herzen und ließ durchblicken, dass ich voll auf der Seite des Verwalters stand. Darum ging ich nach draußen und räumte „unseren" Grünmüll weg.

So ging es weiter, als Gerry vom Sport nach Hause kam. Er regte sich so darüber auf, dass einer seiner Kollegen so angegeben habe, weil er so eine gescheite, erfolgreiche Tochter hätte, und in den Urlaub würden die auch noch fahren. Früher hätte Gerry über seine Urlaube und Erfolge erzählen können, war über dem Kollegen gestanden. Purer Neid sprach da aus Gerry. Mit meiner Antwort schockierte ich ihn: „Warum freust du dich denn nicht mit und für ihn? Du hast doch schon so viele Reisen unternommen und jetzt ist er einmal dran. Und über einen anderen Menschen steht schon keiner von uns – meinst du, dass die Würmer einen Unterschied zwischen uns machen, wenn wir unter der Erde sind?" Ihm blieb doch glatt einmal die Spucke weg.

Bei meiner Arbeit brachte ich mich immer voll ein und freute mich dann aber auch sehr auf das wohl verdiente Wochenende. Aber mit Entspannen war selten was drin. Gerry liebte es, Leute einzuladen und nahm auf meine Bedürfnisse keine Rücksicht. Die Arbeit und die Kosten für diese Einladungsessen hatte schließlich auch ich zu tragen. Langsam widerte es mich schon an, wie er protzig teuersten Wein in seinen Riedelgläsern einschenkte und sich das Essen im Villeroy & Boch-Geschirr servieren ließ. Es ging nicht allein darum, dass er Leute einlud, sondern auch darum, dass er mich tagelang vor dem Ereignis nervte, was wir (natürlich ich alleine) auftischen und wie wir den Tisch dekorieren würden. Und wenn die Einladung denn ein voller Erfolg war, heimste er sich die Lorbeeren ein bzw. schmückte sich mit fremden Federn.

Besonders schlimm nervte Gerry mich zu Weihnachten. Es sollte unser Brauch sein, meine Eltern und meinen Sohn mit Freundin zum Essen am 25. Dezember einzuladen. Da musste es schon etwas ganz Besonderes sein – ein Aperitif mit hors d'oeuvre vor dem offenen Kamin im feinsten Geschirr – exklusive Glasteller mussten angeschafft und von mir finanziert werden. Zudem verfügten wir über keine passende Tischdecke mit Servietten und Serviettenringen – noch mehr Anschaffungen meinerseits. Ich stürzte mich ganz schön in Unkosten, aber nicht nur dafür, sondern auch für sämtliche Geschenke.

Gerry beteiligte sich absolut nirgends, im Gegenteil ich sponserte auch das Weihnachtsgeschenk für sein Patenkind. Oh doch, er ließ von mir eine CD von Andrea Bocelli, die doppelt in seiner Sammlung vorkam, als Geschenk für meine Mutter einpacken. Thomas und seine Freundin bekamen seine gebrauchten Cognacgläser, die Gerry ohne Bedenken in die Originalschachtel von den mir geschenkten Riedelgläsern verpackte. Ich fand das irgendwie niederträchtig. Komischer

Weise kann ich mich gar nicht mehr an meine Weihnachtsgeschenke von Gerry erinnern, nur an die Geburtstagsgeschenke (eine Tasche im Wert von € 999,00 und Sportausrüstung im Wert von € 800,00).

Trotz allem muss ich schon ehrlich zugeben, dass ich die Weihnachtsfeste mit Gerry genossen habe, er konnte sie so richtig zelebrieren und sich am Weihnachtsschmuck erfreuen. Klar, der Adventskranz und diverse Dekosachen durfte ich wieder alleine berappen, und das nicht schmal. Beim Ab- und Aufräumen half er immer fleißig mit und war ein brillanter Gastgeber. Wir konnten stundenlang dasitzen und unsere gelungenen Feste mit Freude Revue passieren lassen. Ich durfte mich bloß nicht gleich danach umziehen, weil er es so liebte, wenn ich schick gerichtet war.

Allgemein zog ich mich ihm zuliebe nach dem Kochen extra zum Essen um und schminkte mich. Ob ich mich wohl fühlte, spielte für ihn keine Rolle. Manchmal drehte ich dieses Spiel um und verlangte von ihm, täglich frisch rasiert in feiner Hose und Hemd zu sein. Das passte ihm aber gar nicht und er tat es auch nicht. Egal, es wurde alles in zweierlei Maß gemessen. Bei ihm war alles erlaubt und ich hatte mich zu fügen.

Eine Unart von Gerry regte mich unheimlich auf: Wenn er mit Freunden noch aus war und spät nach Hause kam, weckte er mich rücksichtslos zu jeder Uhrzeit, um mir von seinem Abend zu erzählen. Als ich ihn darauf hinwies, dass ich meinen Schlaf brauchte und um halb sechs aufstehen musste, meinte er nur, er könne aber nicht schlafen, wenn er nicht alles loswerden würde. So ein Egoist! Wie oft schleppte ich mich morgens müde aus dem Bett, während der feine Herr noch entspannt einige Stunden in den Federn lag.

Apropos Kind – nach einem anstrengenden Arbeitstag und nachfolgenden Training stand ich genüsslich unter der Dusche, als Gerry weinend ins Bad gestürzt kam. „Mir ist gerade die vergoldete Blumensäule mit dem Blumentopf kaputtgegangen. Ich habe so Pech, alles geht mir kaputt", klagte er. Nachdem er sich nicht verletzt hatte, beruhigte ich ihn, dass solche Dinge ersetzt werden können. Hauptsache er sei noch heil.

Plötzlich traten bei Gerry schmerzhafte Bläschen an seinen Oberschenkeln auf, die mich sehr an die Windpocken erinnerten. Nach meiner Recherche stellte sich heraus, dass es sich um Herpes genitales handelte. Zum Arzt wolle er nicht gehen, also behandelte ich ihn mit Aloe Vera Produkten, die ihm schnell halfen. Leider kam es trotz aller Vorsicht zu einer Ansteckung bei mir. Die Ersterkrankung fällt immer am schlimmsten aus, ich hatte geschwollene Lymphknoten, erhöhte Temperatur und einige Bläschen im Genitalbereich. Mann, war ich zornig auf Gerry. Hätte ich ihn bloß nie in meine Nähe gelassen solange die Bläschen nicht abgeheilt waren. Zu spät, jetzt hatte ich etwas Bleibendes.

Am Wochenenden oder Feiertagen hätte ich so gerne länger geschlafen, aber nein, Gerry weckte mich spätestens um acht Uhr. Er fragte mich dann immer wie ein kleines Kind: „Darf ich kuscheln kommen?" Da passte etwas für mich absolut nicht, es kamen bei so einer Frage eher Mutter- als Lustgefühle auf. Schon alleine die Art, wie er sich an mich kuschelte, erinnerte mich an meine beiden Kinder. Irgendwie kam ich ins Hintertreffen, ich wollte mich doch auch einmal fallen lassen können und mich einfach an einen starken Mann kuscheln.

Handwerklich stand ich, um es mit Gerrys Worten auszudrücken, hoch über ihm. Am Faltschrank fehlte bei der Führung eine Schraube und ich fragte Gerry danach. Er meinte nur: „Ach, das war eine Schraube, was ich letztens eingesaugt habe." Gott sei Dank habe ich einige Schrauben und Werkzeug mitgebracht, so konnte ich das „reparieren". Später leuchtete eine Kontrollleuchte bei Gerrys Auto auf und er geriet voll in Panik. Er wollte sofort zum ADAC oder zu einem anderen Notdienst fahren. Mit einem Blick erkannte ich sofort, dass nur Kühlwasser nachgefüllt werden musste. Leider hatte Gerry keinen Dunst, wo sich der Kühlwasserbehälter in seinem Auto befand. Wir teilten uns die Aufgaben an der Tankstelle, er tankte und ich füllte Wasser nach. Da fiel ihm doch nichts Besseres ein, als einen vorbeikommenden Mann zu fragen, ob ich das schon richtigmachen würde. Am liebsten hätte ich seine Finger in der Motorhaube eingeklemmt.

XVI. Die Masken fallen

Mein heiß geliebter VW Golf musste vorgeführt werden. Zu Gerrys großer Freude kam ich beim TÜV nicht mehr durch und eine Reparatur würde sich nie und nimmer rentieren. Dieses alte Auto war von Anfang an ein Dorn in Gerrys Augen. Schließlich stellten wir als Golfer und Bewohner des Prominentenviertels jemanden dar. Oft machte er mir den

Vorschlag, ich sollte ihm doch seinen BMW abkaufen, und er würde sich dafür einen Mercedes der SL-Klasse anschaffen, den ich aber fahren sollte. Für mich kam das gar nicht erst in Frage. Ich wollte einfach nur ein Auto mit niedrigen Haltungskosten, mit dem ich günstig von A nach B käme und nicht um mein Image in irgendeiner Art und Weise aufzupolieren. Meine Wahl fiel auf einen neuen knallroten Volkswagen – er sah aus wie das Auto meiner Mutter in Kleinformat. Liest sich vielleicht komisch, aber das war wirklich auch ein Kriterium meiner Auswahl. Gerry zwang mir förmlich € 5.000,00 zur Anzahlung für den Volkswagen auf, obwohl ich es selber aufbringen konnte. Ich sollte ihm das Geld später zurückzahlen, also legte ich es eben auf mein Sparbuch.

Eigentlich wollte ich mich von einer strengen Arbeitswoche daheim erholen, mittags Kochen und dann einfach nur auf der Terrasse bei den Blumen den Sonntag genießen. Aber Gerry nötigte mich doch mit ihm eine Runde golfen zu gehen. Nach einer Runde könnte ich immer noch meinen Sonntag wie geplant verbringen. Also fuhren wir getrennt mit zwei Autos Richtung Golfplatz, ich hatte schon etwas Vorsprung. Es geht dort ziemlich steil bergab und vor einer Kurve bremste ich normal ab. Es funktionierte alles tadellos bis zur nächsten Kurve – mein Bremspedal ließ sich keinen Millimeter bewegen und ich kriegte gerade noch die Kurve, wobei ich schon dem entgegenkommenden Auto den Außenspiegel abrasierte. Nochmals versuchte ich, das Bremspedal voll durchzutreten, aber keine Reaktion. Ich verfiel in Panik, musste sofort eine Entscheidung treffen, sonst würde ich mit voller Fahrt über den Berghang hinaus rauschen und dann wäre es aus. In einen Baum zu fahren war mir zu riskant, also fuhr ich in drei parkende Autos, schob sie ineinander und streifte dabei noch ein anderes Auto seitlich. Ein großer Knall – endlich kam ich zum Stillstand.

Es kam mir vor wie ein Wunder, unversehrt stieg ich aus dem Wrack aus. Gott sei Dank gab es keine Verletzten, denn sonntags waren immer viele Familien mit Kindern unterwegs zum großen Kinderspielplatz auf der Anhöhe. Geschockt saß ich an einem Baum angelehnt und sah noch Gerry vorbeifahren. Er saß mit arroganter Miene in seinem Auto, völlig unberührt bis er mich sah bzw. erkannte. Da musste er schon wieder mit seinen Tränen kämpfen, fasste sich aber schnell wieder.

Die Polizei traf schnell ein und nahm alles auf. Man schenkte mir einfach keinen Glauben, dass die Bremsen nicht funktionierten, sondern mir wurde untergeschoben, ich hätte das Gaspedal mit der Bremse verwechselt. Dann fragten sie mich noch, ob ich etwas getrunken hätte oder Medikamente nähme und ich Idiot erzähle in meiner Ehrlichkeit noch, dass ich ein Antidepressivum eingenommen hatte. Da fing eine Odyssee für mich an. Ich wurde im Krankenhaus auf meine Reaktionsfähigkeit getestet, Blut wurde mir abgenommen und einer Universitätsklinik zur Untersuchung geschickt. Auch eine Urinprobe musste ich unter Beaufsichtigung abgeben – wie der größte Verbrecher kam ich mir vor. Im Beipacktext von meinem Medikament stand, dass keine Reaktionsbeeinträchtigung auftreten würde, dennoch behauptete der Arzt, ich dürfte mit diesem Medikament kein Gerät bedienen und schon gar nicht Autofahren. Darauf hätten mich meine Ärzte, die mir dieses Medikament verschrieben haben, aber aufmerksam machen müssen. Es wurde noch ein Schleudertrauma bei mir festgestellt und ich war für eine Woche krankgeschrieben.

Mein Auto wurde ohne mein Einverständnis von irgendeinem Halsabschneider abgeschleppt, wofür ich später noch eine gesalzene Rechnung erhielt. Zudem musste ich mich beim Amtsarzt bei der Bezirkshauptmannschaft nochmals einer Untersuchung unterziehen. Von dem Amtsarzt wurde mir vorgeschrieben, dass ich ein Gutachten bei einem Nervenarzt anfertigen lassen müsste. Es gäbe einen Verdacht auf „Petit mal" oder Epilepsie. – Nichts von dem wurde festgestellt. Der Hohn an der ganzen Sache war der, dass mir der Nervenarzt mitteilte, dass ich ohne dieses Medikament kein Auto fahren dürfte. Sogar eine Eintragung auf meinen Führerschein musste deswegen durchgeführt werden. So ein Theater für nichts. Dieses Gutachten hat mich € 330,00 gekostet, einen neuen Führerschein mit dieser Eintragung musste ich auch noch anfertigen lassen und natürlich bezahlen. Das alles gipfelte noch in der Strafe von der BH in Höhe von € 77,00, ich hätte nämlich ein Auto in Betrieb genommen, obwohl ich körperlich nicht in der notwendigen Verfassung gewesen wäre. Ich hatte einfach die Schnauze voll und bezahlte es. Heute würde ich dagegen ankämpfen und sogar an die Öffentlichkeit gehen.

Jetzt brauchte ich aber ein neues Auto, wie sollte ich sonst zur Arbeit kommen? Meine Werkstatt kam mir sehr entgegen und stellte mir kostenlos ein Leihauto zur Verfügung bis mit der Versicherung alles abgeklärt war.

Nun lernte ich eine weitere arrogante Facette von Gerrys Persönlichkeit kennen. Der Fernseher gab seinen Geist auf und wir sollten das Gerät zur Prüfung dem Elektriker bringen. Erst war geplant, mit Gerrys Auto zu fahren, er war schon dabei eine Decke am Rücksitz auszubreiten. Doch urplötzlich meinte er: „Wir nehmen das Leihauto, da spielt es keine Rolle, wenn etwas beschädigt wird. Dieses Auto ist ja geradezu für den Transport prädestiniert." So eine Haltung empfand ich echt als niederträchtig und beschämend, denn gerade auf etwas Geliehenes achtet man noch mehr. Auf alle Fälle übergab ich das Auto geputzt und aufgetankt wieder der Werkstatt.

Leider musste auch Gerrys Auto repartiert werden – kein Wunder, das Auto wurde seit Jahren nicht gewartet. Wieder kam uns meine Haus-Werkstatt entgegen und lieh Gerry kostenlos sogar das Lieblingsauto des Firmeninhabers. Als Gerry die Höhe der Reparaturkosten erfuhr, fiel er aus allen Wolken und war so echauffiert, weil man doch dem Auto gar nichts vom investierten Geld ansehen würde. Gerry konnte einfach nicht einsehen, dass er in seine Sicherheit investiert hatte, was doch wirklich sehr viel wichtiger war. Es waren nämlich sämtliche Bremsschläuche angegriffen. Aus Trotz betankte er das Leihauto auch nicht und brachte es verschmutzt zur Werkstatt zurück. Ich habe mich ja so für ihn geschämt.

Gerry besaß doch tatsächlich die Dreistigkeit mich danach zu fragen, ob ich mich kostenmäßig an der Anschaffung eines neuen Fernsehers beteiligen würde. Nachdem ich schon die Hälfte für die neue Kühl- und Gefrierkombination in Höhe von € 350,00 übernommen hatte, war ich dafür nicht mehr bereit. Ich maß dem Fernsehen sowieso nicht so viel Bedeutung bei und las viel lieber. In Ruhe eine Dokumentation oder etwas anzuschauen, was mich interessierte, war schier unmöglich, weil Gerry ständig dazwischen quasselte und sich bei medizinischen Sendungen als Hypochonder entpuppte. Also hatte ich absolut keine Veranlassung auch nur einen Cent für einen neuen Fernseher beizusteuern. Gerry war geschockt und hüpfte beinah im Dreieck, aber ich ließ mich nicht beirren oder von ihm beschwatzen. Schließlich hatte ich schon den Jahresbeitrag für die TV-Kosten in Höhe von € 190,00 übernommen.

Komischer Weise vertraute mir Gerry am nächsten Tag eine Kontonummer mit Losungswort bei einer Bank im Ausland an. Sollte ich einmal Geld brauchen, könnte ich dort abheben, etwa € 10.000,00 würden dort liegen! Ich verstand die Welt nicht mehr – gestern noch bedrängte er mich wegen einer Beteiligung am neuen Fernseher und heute hatte ich eine Abhebungsberechtigung von seinem Konto. Hätte er doch gleich das Gerät über dieses Konto finanziert – ach nein, ging gar nicht, Gerry fühlte sich beobachtet bzw. kontrolliert und wollte kein Risiko bezüglich seiner anstehenden Gerichtsverhandlung eingehen.

Die anstehende Gerichtsverhandlung war sowieso ein Kapitel für sich. Gerry blieb bei seiner Behauptung, Gerichtsakten zu Hause kopiert und von dort versendet zu haben. Das passte aber irgendwie gar nicht mit seiner Rechnerei und seinen Recherchen zusammen. Denn er stellte eine Berechnung auf, ob es überhaupt möglich wäre mit einem kleinen Kopiergerät im Privatgebrauch die entsprechende Anzahl an Kopien nach Feierabend zu Hause anzufertigen. Gerry stand im Verdacht, Aktenkopien im Gericht angefertigt und an Rechtsanwälte und Versicherungen verkauft und mit der Gerichtspost verschickt zu haben. In einem Zeitraum von etwa zehn Jahren hätte er sich ein Vermögen von € 400.000,00 ergaunert, und das trotz eines ausdrücklich verhängten Verbots des Gerichtspräsidenten. Gerry machte sich auch schlau, wo man denn Briefmarken und Kopierpapier in der Umgebung erwerben könnte und prägte sich die Namen bzw. Adressen der Geschäfte ein. – Komisch, das hätte er doch wissen müssen, wenn er die Kopien tatsächlich zu

Hause angefertigt hätte. Irgendwie tat er mir ja leid, weil er meines Erachtens niemanden wirklich wehgetan hat mit seinen Geschäftchen. Gerry erzählte mir unter anderem, dass er auch bei der Staatsanwaltschaft Kopien anfertigen durfte, die jedoch etwas mehr kosteten, weil die Mitarbeiter der Staatsanwaltschaft von dem „erwirtschafteten" Gewinn interne Feste finanzierten. Es kam sogar einmal zu einer Verhandlung in dieser Angelegenheit, in der Gerry als Zeuge auftrat. Auf angebliches Anraten seines Anwalts enthielt er sich jedoch jeder Aussage diesbezüglich. Man prangert doch keine Kollegen in irgendeiner Art und Weise an! – Diese Einstellung ist ganz sicher nicht auf seinem Mist gewachsen, denn für Geld würde Gerry wirklich alles machen.

Mit meiner Meinung über Gerry und Geld hielt ich nicht hinter dem Berg. Ich sagte ihm sogar auf dem Kopf zu, dass er mich sofort wie eine heiße Kartoffel fallen lassen würde, sobald er bei einer reichen, halbwegs gutaussehenden Frau eine Chance sehen würde. Darauf reagierte Gerry nie direkt, aber er bezahlte eine Mitgliedschaft bei „Elite-Partner" und die Vorschläge dieses Unternehmens trudelten regelmäßig auf seinem Laptop ein. Jede eingetroffene E-Mail öffnete sich mittels eines Pop-ups, also musste ich diese zwangsläufig lesen, als ich mit Gerry an seinen Golfunterlagen am Laptop arbeitete. Gerry fing dann immer zu schimpfen an, dass er doch die Mitgliedschaft sofort gekündigt hätte, als wir uns kennen lernten. Blablabla. Und wenn ich das nicht glaubte, log er mir eben was Anderes vor.

Wie auch immer, Gerry hatte unheimliche Angst, ja Panik, vor der Verhandlung – nach seinen Worten stand seine Existenz auf dem Spiel. Er fing sogar schon zu rechnen an, wie wir von meinem und seinem Gehalt leben könnten. Sein Beamtenstatus wäre bei einer Verurteilung verloren und er dürfte dann im Büro seines Anwalts als Angestellter arbeiten. Über ein anderes Thema konnte gar nicht mehr geredet werden, er hörte einfach nicht zu. Es ging sogar so weit, dass er meine Freundin Maria anrief und um Unterstützung bat, obwohl er eigentlich von ihr absolut nichts hielt. Sie entsprach so gar nicht seinen Erwartungen einer gehobeneren Dame, Maria war ihm zu dick und hatte keine höhere Ausbildung aufzuweisen. Dennoch war Maria mit einer gewissen Fähigkeit gesegnet, sie konnte erfolgreich Kartenlegen und sah wirklich manchmal Dinge voraus. Dass er sie angerufen hatte, erfuhr ich von Maria persönlich, Gerry hätte mir nie etwas darüber gesagt. Ich wunderte mich woher er wohl die Telefonnummer hatte und fragte ihn direkt. „Die habe ich aus dem Internet", war seine erste Lüge. Das war jedoch nicht möglich, weil Maria eine Geheimnummer hatte. Dann behauptete er, ich hätte sie ihm gegeben. Als ich auch das negierte, gab er endlich zu, die Nummer einfach von meinem Handy entnommen zu haben. – Ihm war wohl nicht bewusst, dass er sich selbst soeben doppelt Lügen strafte. Er hatte mir einmal beim Kennenlernen mit treuherzigem Hundeblick versichert, dass er einfach nicht lügen kann. Und jetzt diese Frechheit einfach ungefragt an mein Handy ranzugehen und jetzt nicht einmal dazu zu stehen. Dann meinte er noch lapidar, er hätte doch gar nichts Schlimmes gemacht.

Bezüglich Maria bat ich Gerry gegenüber meinen Eltern nichts von ihr bzw. ihren Fähigkeiten zu erzählen. Meine Eltern mieden als Zeugen Jehovas solche Personen, denn die dienten in ihren Augen dem Satan oder hatten zumindest mit Dämonen zu tun. Meine Eltern würden dann sicher aus Angst den Kontakt zu mir abbrechen. – Dass ich mit dieser

Bitte Gerry nur „eine Waffe" zuspielte, sollte ich später noch sehr bereuen.

An einem Freitag erhielt ich die schockierende Nachricht: Bei meiner Mutter wurde ein Aneurysma an der Aorta im Bauch festgestellt und sie sollte so schnell wie möglich in der Universitätsklinik notoperiert werden. Mittels Hubschrauber wurde sie dorthin transportiert. Es ging um Leben und Tod. Das Aneurysma könnte jederzeit platzen und dann wäre es um meine Mama geschehen. Diese Angst um sie machte mich fast verrückt. Die Reaktion meines Chefs werde ich nie mehr vergessen, das war der Hammer. Er meinte: „Du kannst jederzeit zu deiner Mutter ins Krankenhaus fahren, das ist jetzt wichtiger als die Arbeit." Und das, obwohl unheimlich viel los war und wir extrem viel um die Ohren hatten – ein Chef mit Herz und Familiensinn. Ich rief gleich Gerrry an um ihm mitzuteilen, dass ich Mama einige Sachen ins Krankenhaus nachbringen würde, sie hatte ja schließlich nichts mit (weder Wäsche, noch Toilettensachen). Seine Antwort ließ mich an dem Menschen zweifeln: „Kann man denn die Sachen nicht nachschicken?" Am liebsten hätte ich ihm über das Telefon eine schallende Ohrfeige verpasst. Umgehend fuhr ich zur Wohnung meiner Eltern und packte eine Tasche für meine Mutter und fuhr zu ihr ins Krankenhaus. Papa war komplett hilflos und konnte mit der Situation gar nicht umgehen. Na ja, wenigstens konnte er für sich eine Kleinigkeit kochen. Nachdem keiner aus meiner Familie mich begleiten wollte oder konnte, fuhr meine Freundin Maria mit mir mit. Es tat schon gut, sie an meiner Seite zu haben. Trotz allem erlebte ich auch Lustiges dort: Es grenzte schon fast eine Odyssee meine Mutter in der „Krankenhausstadt" ausfindig zu machen. Am x-ten Schalter sagte ich nur noch: „Ich suche meine Mama und kann sie nicht finden." Wie ein verlorenes Kind kam ich mir vor. Die Person am Schalter fing bei meiner Aussage auch zu lachen an. Das nahm dem Ganzen schon sehr viel Spannung. Letztendlich fanden wir Mama in einem speziellen Zimmer mit einer Plakette „Handys verboten" an der Tür. Und wer saß im Bett und telefonierte mit dem Handy? – Na klar, meine Mama. Also konnte es ihr schon Mal nicht so schlecht gehen. Sie war freudig überrascht und hätte meinen Einsatz nie erwartet. Überhaupt hatte das Zusammenspiel unter uns sieben Kindern bestens funktioniert. Mama musste natürlich auch über die Betreuung der Zeugen Jehovas vor Ort schwärmen. Anscheinend wurde sie sofort bei ihrem Eintreffen von einem hiesigen Zeugen Jehovas empfangen. Ach, da sah man doch die Liebe, die bei dieser Religionsgemeinschaft herrscht. – Ich hätte es so interpretiert, dass die nur sichergehen wollten, dass Mama keiner Bluttransfusion zustimmt. Das einmal so nebenbei erwähnt. Mein Bruder David fuhr am nächsten Tag auch zur Klinik und nahm Gerry und mich mit. Gerry fragte noch scheinheilig, was wir ihr denn mitbringen könnten. Ich meinte, er solle ihr doch einen tollen Stift, den er zu Weihnachten von einer Versicherung geschenkt bekommen hatte, geben. Mama liebt solche Stifte und könnte jetzt gut einen zum Rätsellösen gebrauchen. „Nein, den möchte ich nicht hergeben. Können wir denn nicht unterwegs etwas kaufen?", fiel Gerry mir ins Wort. Das brachte mich so in Rage! Wir etwas kaufen? Das „Wir" war wohl ich allein und wer würde sich damit brüsten? Natürlich der gnädige Mister Arrogant. Kurzerhand packte ich das Parfüm Chanel № 5 für Mama ein, das eigentlich als Hochzeitstaggeschenk gedacht war. Gerry wollte mir das ausreden, aber ich fuhr ihn richtig böse an, sodass er nur noch schwieg. So hatte er mich noch nie erlebt. Als Gerry dann noch das Auto meines Bruders sah, überfiel ihn der blanke Neid. So etwas konnte er mir eben nicht bieten und das täte ihm so leid, jammerte er mir vor. Leid tat er sich selber, das war schon Alles. Im Krankenhaus mimte er dann den perfekten Schwiegersohn. Lustig nur, dass sich Mama so gewünscht hatte, dieses Parfüm zu bekommen. Und wie gekonnt sich doch Gerry mit meinem Mitbringsel ins beste Licht stellte!

Die Operation verlief Gott sei Dank gut. Mama ließ es sich aber nicht nehmen, mich unter Druck zu setzen. Sie sagte vor der Operation zu mir: „Sollte ich die OP nicht überleben, möchte ich dich wiedersehen." – Sie meinte damit, ich sollte in die Reihen der Zeugen Jehovas zurückkehren, dann würde ich auch an der Auferstehung teilhaben und wir uns so wiedersehen. Mit meiner Antwort stellte ich mich dumm: „Du wirst mich ganz sicher wiedersehen. Nämlich nach der gut verlaufenen OP werde ich vor deinem Bett stehen, wenn du aufwachst." Sie sagte nur, ich wüsste genau, was sie meinte. Darauf ging ich aber nicht ein.

Langsam, aber sicher fing ich an, den wahren Gerry zu sehen und den mochte ich absolut gar nicht. Er schlug dem Fass den Boden aus, als er während einer medizinischen Fernsehsendung plötzlich im Zimmer stand und mir seine Exkremente auf Toilettenpapier hinhielt und mit weinerlicher Stimme fragte: „Schau das bitte an, ich kann wegen meiner Farbblindheit nichts genau erkennen. Ist da schon alles normal?" Wut und Fassungslosigkeit wechselten sich im Minutentakt in mir ab. „Sag Mal, hast du sie noch alle?", waren die ersten Worte, die ich rausbrachte. Sofort machte er eine Kehrtwendung und schoss hinaus. Oh mein Gott, was hatte ich mir da wieder angelacht? Der benahm sich ja schlimmer als ein Kind! In keiner Weise erwies sich dieser Mann jemals

als eine Stütze für mich, geschweige denn stellte der seinen Mann. Wenn ich zu Hause war, konnte ich mich nie richtig entspannen und wurde zusätzlich von Gerry noch runtergezogen. Das würde ich auf Dauer niemals aushalten, bzw. wollte ich mir einfach nicht antun. Also fing ich an, mich nach einer Wohnung umzusehen und bestellte Einiges für meinen Hausrat, was ich mir zur Firma liefern ließ. Klar, mutet das ein wenig hinterhältig an, aber hätte Gerry Bescheid gewusst, hätte er mich zu Tode gefaselt.

XVII. Das wahre Gesicht

Gerry schien es wirklich dick zu bekommen – plötzlich brach eine Brücke in seinem Oberkiefer. Sein Zahnarzt stellte ihn vor die Wahl zwischen Brücke kleben, mit niedriger Erfolgsquote oder Implantate setzen, die extrem kostenintensiv waren. Ein Golfkollege empfahl daher einen Zahnarzt in Deutschland, der schließlich auch den Auftrag für Implantate von Gerry bekam. Dieser Zahnarzt arbeitete sogar mit einem hiesigen Zahnarzt zusammen, der den Part hatte, die Implantate einzupflanzen. Die endgültige Fertigstellung erfolgte dann in Deutschland Insgesamt sollte diese Behandlungsmethode auf € 3.000,00 kommen. Oh Mann, das Jammern von Gerry nahm kein Ende. Ihm ging es am schlechtesten von allen Menschen auf der Welt. Mitgefühl für andere hatte keinen Platz. Das war deutlich wahr zu nehmen, als ein Golfkollege sein Spiel wegen Zahnschmerzen abbrechen musste. Da fiel Gerry nichts Besseres ein, als über den zu spotten: „Wegen Zahnschmerzen bricht man doch keine Runde ab. Was soll ich sagen? Mir geht es doch viel schlechter, bei mir ist eine Brücke gebrochen!" Wirklich krass. Gerrys gebrochene Brücke verursachte doch absolut keine Schmerzen.

Während der Prozedur stand ich Gerry wirklich zur Seite. Zu jeder Behandlung begleitete ich ihn, was für mich bedeutete, dass ich Urlaub nehmen musste, von der ganzen Fahrerei einmal abgesehen. Gerry tat mir aber schon leid, er hatte nach dem Setzen des ersten Implantats enorme Schmerzen. So was ist sicher für jeden sehr schmerzhaft.

In der Zwischenzeit wurde ich auf ein Inserat einer kleinen Mietwohnung in der Nähe meiner Arbeitsstelle aufmerksam. Natürlich nahm ich an dem ausgeschriebenen Besichtigungstermin teil, denn mit so einem egozentrischen Snob wie Gerry war es kaum mehr auszuhalten. Die Wohnung war trotz der kleinen Wohnfläche von 45 m² richtig schnuckelig und super eingeteilt – die musste ich haben. Tatsächlich entschied sich der Vermieter für mich und mein Einzugstermin wurde auf den 01.04.12 vereinbart. Nachdem sie jedoch einen Monat früher leer stand, bot sich mir die Möglichkeit meine Sachen schon eher einzuräumen. Da hatte ich aber noch Einiges anzuschaffen, damit ich dort gemütlich wohnen konnte. Mit den Vermittlungsgebühren und Kaution zusätzlich kamen ganz schön hohe Kosten auf mich zu. Das Schlimmste stand mir jedoch noch bevor, nämlich Gerry meinen Auszug beizubringen – genau genommen unsere Trennung.

Nun stand auch der Verhandlungstermin in Gerrys Strafsache fest, nämlich ein paar Tage nach seinem Geburtstag im

Februar. Gerry war das reinste Nervenbündel und lernte sozusagen seinen Text auswendig – ich spielte mit ihm sogar einige Situationen durch, die sich im Gericht vielleicht so abspielen würden. Mir selbst war glasklar, dass Gerry gelogen hatte bzw. die Kopien im Gericht angefertigt hatte. Schade, dass er einfach kein Unrechtbewusstsein an den Tag legte oder zumindest ein klein bisschen schlechtes Gewissen gehabt hat. Das hätte ihn für mich liebenswerter gemacht und bei anderen sympathischer.

Am Verhandlungstag saß ich auf Nadeln. Gerry fuhr schon sehr früh mit seinem Rechtsanwalt und Freund zum Bezirksgericht. Ich wäre gerne dabei gewesen, aber Gerry wollte das nicht. Es hätte ja sein können, dass seine Exfrau bei meinem Anblick, aus welchen Gründen auch immer, zu seinen Ungunsten aussagen würde. Spät abends rief mich endlich der Rechtsanwalt an und teilte mir mit, dass sie verloren hatten und Gerry zu drei Jahren unbedingt und einer Strafe von € 150.000,00 verurteilt wurde. Natürlich würden sie Nichtigkeitsbeschwerde einlegen, aber das ganze Procedere würde sich sicher lange Zeit hinziehen. Im Auto bei seinem Anwalt verhielt sich Gerry ziemlich gefasst und war sogar noch in der Lage das Auto zu fahren. Bei mir zu Hause brach er in Tränen aus und forderte angesichts der prekären finanziellen Situation das Restgeld von mir zurück, das er mir dazumal zur Anzahlung meines Autos geliehen hatte. Es waren noch etwa so um die € 2.400,00 offen. Tja, da konnte ich nicht umhin und musste ihm offenlegen, dass ich dieses Geld leider schon für die Kosten meiner Mietwohnung verplant hatte.

Er fiel aus allen Wolken und konnte es nicht verstehen, dass ich mich in dieser Beziehung absolut nicht mehr wohl fühlte und ich in ihm mehr mein drittes Kind als meinen Partner sah. Die ganze Nacht winselte er vor sich in ganz hoher Stimme hin: „Bitte lieber Gott, mach' dass sie mich nicht verlässt." Ich konnte kein Auge in dieser Nacht zu machen. Als das Gewinsel nichts brachte, versuchte Gerry mich mit folgenden lächerlichen Aussagen umzustimmen: „Wenn du nicht mehr kochst, werde ich wieder so dünn wie vorher. - Ich werde nie wieder in diesem Bett schlafen." Ungeheuerlich erschien mir seine erste Frage nach meiner Eröffnung: „Und wer bügelt dann meine Hemden?" Die ganze Zeit ging es nur um seine Bedürfnisse. Nie stellte er sich die Frage, ob er vielleicht etwas falsch gemacht hatte, sodass es jetzt zu meinem Auszug kam. Das Wort Trennung wagte ich noch gar nicht in den Mund zu nehmen, sonst hätte ich sofort fliehen müssen. Der hätte mich Tag und Nacht sicher vollgequatscht und versucht, mich mit Suggestivfragen zu manipulieren. Sicherheitshalber verriet ich ihm nicht genau, wohin ich ziehen würde.

Bezüglich des Geldes, das ich ihm noch schuldete, machte ich ihm den Vorschlag, dass er alles behalten könnte, was ich in die Wohnung investiert habe, oder ich gebe ihm das Geld und nehme aber alle von mir bezahlten Sachen mit. Schnell ergriff er die Gelegenheit und nahm meinen Vorschlag an. Gerry ist da bestens ausgestiegen, denn nach meinen Berechnungen hatte ich in die Wohnung so um die € 6.000,00 investiert (maßgeschneiderte Tischwäsche, edles Geschirr, Silberbesteck, Riedelgläser, usw.).

Sobald Gerry mitbekam, dass ich Hausrat für meine Wohnung anschaffte, fing er die Notwendigkeit der Anschaffung zu hinterfragen an. Ich sollte ja nichts Schönes oder Gemütliches haben, dann würde ich sicher bald wieder zu ihm zurückkommen. Nicht nur das, er gönnte es mir einfach nicht. Auf alle Fälle packte ich einen Teil meiner Sachen immer dann, wenn Gerry nicht zu Hause war. Mit Argusaugen kontrollierte er nämlich meine gepackten Sachen ständig, ob ich wohl nichts „Falsches" dabeihätte. Zum Beispiel durfte ich keine weißen Kleiderbügel mit Lederbezug mitnehmen, die bräuchte er. Nur die schwarzen Bügel waren mir erlaubt – lachhaft dieses Verhalten. Er hatte wohl vergessen, dass ich die weißen Lederbügel bezahlt habe.

Die Reaktion meiner Mutter auf die Trennung von Gerry befremdete mich ungemein. Sie warf mir vor, dass man doch einen Menschen, den man liebt, in so einer Situation nicht im Stich ließ. Ob ich mit ihm glücklich sein konnte, war gar nicht von Interesse. Seine Verurteilung war ja nicht der Grund der Trennung, aber auf eine weitere Diskussion ließ sich meine Mutter nicht ein. Sie war beleidigt auf mich und das ließ sie mich voll spüren. Sie besaß jedoch die Frechheit, Gerry zu versprechen, dass ich weiterhin für ihn kochen und seine Hemden bügeln würde. Gerry hatte sich demnach umgehend bei meiner Mutter ausgeweint.

In den ersten Wochen nach meinem Auszug ging ich noch zusammen mit Gerry einkaufen. Aber auch das wurde mir langsam zu bunt, weil er bei jedem Mal vor sich hin maulte, dass es so ein Blödsinn sei, alles doppelt einzukaufen. Er hätte noch Eier und Mehl zu Hause, ob er mir das bringen dürfe, damit ich einen Kuchen für ihn backen könnte. Mein Blick sagte wohl mehr als tausend Worte. Ich stellte auch klar, dass ich ihn nicht aus Zuneigung heraus begleiten oder irgendwie helfen würde. Das schmeckte ihm gar nicht, aber er nahm es zur Kenntnis.

Um Ruhe vor Gerry zu haben, blockierte ich ihn beim Skype und auch bei meinem E-Mail-Account. Er hatte dennoch die Dreistigkeit mich bei der Firma anzurufen und meine Unterstützung beim Excel-Programm zu fordern. Ich ließ ihm noch eine E-Mail zukommen und bat ihn, mir meine Golfausrüstung an einem neutralen Ort zu übergeben. Wir trafen uns auf dem Parkplatz eines Restaurants und, siehe da, Gerry brachte mir nur das Bag, den Trolley nicht. Den behielt er für sich, weil er selbst keinen hatte – dabei hatte er mir den Trolley zum Geburtstag geschenkt. Zudem fragte er mich nach dem Goldschmuck, den er mir einmal gebraucht geschenkt hatte. Ihn wollte er wiederhaben, weil das wäre nur ein Geschenk zum Zusammenbleiben gewesen. Mit Genugtuung wies ich ihn darauf hin, dass ich den Schmuck bei ihm gelassen hatte. Wenn ich auch jedes Geschenk zurück fordern würde, stünde Gerry schon fast nackt da und in seiner Glasvitrine mit den Riedelgläsern würde gähnende Leere herrschen. Aber auf dieses Niveau ließ ich mich nicht hinab.

Apropos Niveau – Gerry belästigte sogar meine Kinder wegen der Trennung. Er rief sie an und bat sie mit mir zu reden, doch die hielten sich klugerweise aus der Geschichte raus. Wenn die wüssten, dass Gerry ihnen jedes Geschenk von mir missgönnt hatte. Immer wieder versuchte er mich gegen meine Kinder aufzuhetzen – die würden mir doch nie und nimmer etwas im gleichen Gegenwert schenken. Gerry wusste wohl nichts mit dem Begriff „Mutterliebe" anzufangen und wollte nicht verstehen, dass ich aus Freude Geschenke machte ohne irgendwelche Hintergedanken.

Ich wollte meiner Mama zum Geburtstag gratulieren und rief sie wiederholt an, aber ich erreichte sie nie und sie rief mich auch nie zurück. Mir kam da so ein Verdacht auf, also rief ich sie vom Geschäftstelefon an und, siehe da, sie nahm ab. Als ich sie gerade heraus fragte, ob sie meine Anrufe bewusst nicht entgegennahm, sagte sie mir knallhart, dass sie den Kontakt zu mir abbrechen würde. Sie warf mir vor, zusammen mit meiner Freundin Maria dem Satan zu dienen. Gerry hätte ihr von allen Machenschaften Marias erzählt und ihr über mich reinen Wein eingeschenkt. Meine Mutter ließ mir absolut keine Möglichkeit mich zu verteidigen und fiel mir ständig ins Wort. Ich fing an laut zu werden und schrie nur noch „Adieu" ins Telefon und legte auf. Traurig, aber wahr, meine Mutter glaubte den Erzählungen Gerrys mehr als mir, ihrer eigenen Tochter.

Später erzählte mir meine Schwester Margit bei einem zufälligen Treffen Genaueres über diese Zeit. Gerry hatte meine Mutter angerufen und ihr die schlimmsten Lügen über mich erzählt: Ich hätte unbedingt bei ihm einziehen wollen zum Beispiel. Auch über Maria und mich erzählte er irgendwas von Spiritismus. Margit ergriff gleich Partei für Mama, ich müsste sie verstehen. Unsere Eltern hätten zu der Zeit spiritistische Albträume gehabt und waren davon überzeugt, dass diese vom Kontakt zu mir herrührten. So ein Schwachsinn! Und wer verstand mich? Waren solche unhaltbaren Lügen ein Grund seine Tochter zu verstoßen? Keiner machte sich je Gedanken, wie sehr mich so ein Verhalten verletzt. Meine Mutter soll sogar erwähnt haben, sie hätte eine Tochter verloren. Schön, dann war ich also für sie so was wie gestorben. So etwas geschieht, wenn Religion einen höheren Stellenwert als Mutterliebe einnimmt.

Trotz allem schrieb ich noch einen Brief an meine Eltern, das ließ ich mir nicht nehmen. Darin versicherte ich ihnen, dass ich sie immer lieben und achten würde. Ich wünschte mir, bedingungslos geliebt zu werden, einfach so wie ich bin. Weiters sollten sie froh sein, dass es so eine gute Freundin wie Maria gab, denn ohne sie wäre ich wahrscheinlich nicht mehr hier. Die Hoffnung auf einen aufgehenden Keim der Liebe würde bestehen. Es gab auch klare Worte, wie ich unsere „Familie" sehen würde in Form eines Gedichtes, das aber meine Mutter schon einmal zu lesen bekam. Damals negierte sie meine in Worte gefassten Gefühle. – Auf diesen Brief kam nie eine Antwort oder irgendeine Reaktion.

Vor lauter Wut schrieb ich Gerry eine Nachricht und nannte ihn einen Lügenbold. Sollte er nun doch verurteilt werden, würde ich ihm das gönnen und ich würde jedem die Wahrheit über ihn und seine Machenschaften erzählen. Und welch ein Zufall! Genau drei Wochen später fand eine weitere Gerichtsverhandlung statt, in der Gerry zu 3,5 Jahren unbedingt und € 150.000,00 Strafe verurteilt wurde. Die Richterin sah sein Unrechtsbewusstsein als erschwerend an, ebenso, dass er die Kosten für die Versendung der Kopien per Gerichtspost den Adressaten privat verrechnet hatte. Laut Bericht im Internet brach Gerry bei der Urteilsverkündung in Tränen aus. Ehrlich gesagt, empfand ich absolut kein Mitleid mit ihm.

Ich durfte auch erfahren, dass Gerry eine Beziehung zu einer wohlhabenden, verheirateten Frau hatte – wen überrascht das? Genauso schätzte ich Gerry immer ein. Für Geld würde er alles machen. Dennoch verletzte mich dieses Verhalten ein wenig, so schnell Ersatz für mich gefunden zu haben.

In jener Zeit brachte ein bekannter Psychiater, Dr. Haller, ein Buch heraus mit dem Titel „Der Narzisst". Als ich das Buch las, meinte ich die Personenbeschreibung von Gerry zu lesen. Unglaublich! Es half mir sehr bei meiner Verarbeitung der Epoche „Gerry". Ich war einfach froh, wieder ich selbst sein zu dürfen, mich abends ungeschminkt in meine Jogginghose zu schmeißen und mit einem guten Buch auf der Couch herumzulümmeln.

XVIII. Zufälliges Kennenlernen

Eigentlich war ich mit meinem Leben recht zufrieden: Ich wohnte in einer ziemlich gemütlichen Kleinwohnung mit 45 m² in der Nähe meiner Arbeitsstelle zusammen mit meiner süßen Perserkatze Jeanny, und meinen Arbeitsplatz konnte ich auch zu Fuß oder mit dem Fahrrad erreichen.

Vier Mal wöchentlich war Training angesagt und samstags einfach ein lustiger Abend in einem In-Lokal. Auch an jenem 8. Dezember genoss ich nette Gesellschaft dort, bis mir ein Bekannter zu aufdringlich wurde und ich Schutz am Tisch meiner Freundin Ela in einem anderen Bereich des Lokals suchte. Ela war mit ihrem Freund und dessen beiden Freunden unterwegs, einer davon war José, der sich sofort für mich ins Zeug legte und dem Stalker Schläge antrug. Das hat mich beeindruckt und andererseits belustigt, weil er eigentlich sehr kleiner Statur war und mich an einen kläffenden Terrier erinnerte, der sich gerade in ein Hosenbein verbissen hatte. Dennoch verweilte ich an diesem Tisch und verbrachte lustige Stunden mit den Leuten, besonders mit José, der auch Josi genannt wurde – ein spanischer Schweizer, das heißt, er hatte keine Schweizer Staatsbürgerschaft, nur die spanische, war aber in der Schweiz zur Welt gekommen.

So kam es, dass wir unsere Handynummern und E-Mail-Adressen austauschten. Rein optisch haute er mich gar nicht um, aber da war etwas. Er behauptete, er könne in die Seele anderer Menschen einsehen bzw. in ihnen lesen, hätte besondere Fähigkeiten. Wie auch immer, wir lernten uns am Samstag kennen und am Sonntagabend gingen wir schon im Schneegestöber im Dorf spazieren. Wir erzählten einander unsere Lebensgeschichten, die in manchen Punkten sehr ähnlich verlaufen sind. Aber in einem Punkt waren wir total konträr: José liebte Sex, was er an diesem Abend mindestens sechs Mal sagte, ich war da eher etwas zurückhaltender. Da musste für mich schon alles stimmen. An diesem Abend kam es schon zum ersten Kuss und wir wagten den Schritt in eine neue Beziehung.

Wegen Josés Arbeitslosigkeit wusste er natürlich in seiner inneren Unruhe nicht wohin mit der Zeit und rückte mir ganz schön auf die Pelle – ich meine damit, dass wir uns täglich sahen. Eigenartig, das war mir da schon beinahe zu viel. Ich fühlte mich gestresst, weil ich nicht in aller Ruhe vom Training heimfahren und duschen konnte. Tja, was soll ich sagen, ich bin halt wieder nicht zu mir selbst bzw. zu meinen Wünschen gestanden und habe mich zu allem Übel noch zum Sex mit ihm überrumpeln lassen. Bezüglich Verhütung wurde er sofort darauf hingewiesen, dass ich keine Pille nahm. Er wollte keinen „Gummi" verwenden, das wäre zu wenig gefühlsintensiv und er würde aufpassen und auf das ließ ich mich ein, ich Naivchen. Gerade umwerfend oder unvergesslich war die Intimität mit ihm absolut nicht, im Gegenteil, ich hatte dabei Schmerzen und öfters nach einem Akt eine Blasenentzündung. In einer Nacht, wir hatten schon zwei Mal Sex, riss er mich aus dem Schlaf, als er sich plötzlich über mich hermachte und einfach in mich eindrang – ich empfand das als eine „abgeschwächte" Form von Vergewaltigung. Zudem erinnerte es mich an dasselbe Fiasko mit meinem Exfreund Georg, der das auch einmal machte. Ich frage ich, ob ich da irgendwas wie: „Nimm mich, wann und wie du willst" auf der Stirn stehen hatte.

Jeden Tag lernte ich eine neue Facette von Josés Wesen kennen. Er war nicht nur ein Morgenmuffel, nein, die schlimmste Form, die es davon gibt, ein Morgenbüffel. Als er bei mir die Nacht verbrachte und in Sachen Sex nicht auf seine Kosten kam, war er morgens unausstehlich, raunte mir ins Ohr, er sei spitz wie zehn Russen – oh, wie feinfühlig und antörnend das für eine Frau ist!

Nach einiger Zeit fiel mir auf, dass ich richtig schusselig wurde. Da gingen bei mir die Alarmglocken, ich war nur zwei Mal in meinem Leben so und zwar bei den beiden Schwangerschaften. Während der Arbeitszeit fuhr ich zur Apotheke um mir einen Schwangerschaftstest zu holen, den ich sofort zu Hause mit zitternden Händen durchführte. Die Spannung war schier unerträglich, mein Herz raste wie verrückt. Tatsächlich, ich war zum dritten Kind schwanger und das mit 46 Jahren.

Ich war überwältigt – ein Kind war zwar nicht geplant, aber willkommen. Telefonisch informierte ich José von seinem

Vaterglück und seine Worte waren: "Ich kenne da eine Adresse in der Schweiz, wo abgetrieben werden kann. Meine vorige Freundin war auch schwanger und hat abgetrieben." Das kam für mich absolut nicht in Frage und wenn er schon so eingestellt war, sollte er gehen, wäre er frei. Er meinte nur, ich sei ja so feige, dass ich wegen seines Vorschlages Schluss machen wollte. So saß er abends da, redete kein Wort, es gab keine Zärtlichkeit (weiß er überhaupt, wie das geschrieben wird?), nur ein unheimlich langes Gesicht. Am liebsten hätte ich ihm eine in seine Visage geschlagen und ihn dann hochkant rausgeschmissen.

Als er sich langsam wieder ein wenig einkriegte, kamen wir uns wieder körperlich näher, wobei ich richtig starke Blutungen hatte. Ich befürchtete schon, das Kind verloren zu haben, aber das war Gott sei Dank nicht der Fall, jedoch so ein Schockerlebnis für mich, dass ich jeder sexuellen Annäherung aus dem Weg ging.

Nun musste das Großmaul José zu Hause verkünden, dass er wieder Papa würde. Er, der immer lauthals rumschrie, dass ungewollte Schwangerschaften in der heutigen Zeit absolut nicht sein müssten und es auch dafür „Endlösungen" gäbe. Sein Ego wurde ganz schön angeknackst.

Die Reaktionen auf meine Schwangerschaft waren durchweg positiv, selbst meine beiden Chefs gratulierten mir zum Nachzügler. Nur Josés kleinere Schwester fiel aus allen Wolken und beschimpfte ihn, laut seinen Erzählungen, aufs derbste. Sie hat ihm wohl seine eigene Meinung bzw. Einstellung unter die Nase gerieben.

XIX. Die Schwangerschaft

Ab der 9. Schwangerschaftswoche ging es mit der Übelkeit richtig los. So was habe ich bei keiner Schwangerschaft oder sonst so erlebt. Das Training im Fitnessstudio ließ ich auf Anraten der Frauenärztin lieber bleiben, worauf mein Blutdruck voll in den Keller gerasselt ist, was wiederum die Übelkeit um einiges verschlimmerte.

José zeigte sich „sehr" einfühlsam in seiner tollen Art und Weise: Nachdem ich jedes Wochenende für ihn kochte, mussten wir noch die notwendigen Lebensmittel einkaufen. Leider überfiel mich die Übelkeit besonders in Lebensmittelgeschäften, so dass ich mich nicht für ein Menu entscheiden konnte. Da ging mich José doch voll an und meinte, wie unausstehlich ich doch manchmal sein könnte. Er wusste doch, wie schlecht mir war und jetzt so eine Reaktion – ich wäre beinah in Tränen ausgebrochen. Im Nachhinein denke ich, hätte ich ihn bloß da schon einfach stehen gelassen.

Es ist wohl naheliegend, dass Zigarettengestank zu meiner Übelkeit das Seinige beitrug. Aber das spielte ja alles gar keine Rolle, José versuchte mich immer wieder in Restaurants, Clubs oder Orte mitzuschleppen, wo geraucht wurde – ohne Rücksicht fanden Treffen mit seinen Kollegen vorwiegend in Raucherecken statt. Ich habe öfters darauf hingewiesen, dass ich mich da einfach nicht wohl fühle, stieß aber nur auf taube Ohren oder wurde als Spaßbremse bezeichnet. Bei diesen Treffen lernte ich unter anderem die primitive Seite Josés kennen, denn jede Aussage war auf vulgäre Weise zweideutig. Manchen Kollegen war das sogar sehr peinlich, so dass die mich fragend und entschuldigend anschauten und versuchten, schnell das Thema zu wechseln.

Jetzt war Wohnungssuche angesagt, denn mit einem Kind stand mir definitiv mit 45 m² Wohnfläche zu wenig Platz zur Verfügung. Zusammenziehen kam für mich absolut nicht in Frage, denn mit einem Schnarcher und einem Morgenmuffel würde ich nie und nimmer Ruhe haben. Schnell hatte ich eine nette 3-Zimmerwohnung im Nachbardorf gefunden und der Umzugstermin war zwei Monate später geplant. Ich muss sagen, da hat José wirklich ordentlich rein gebuckelt, er hatte ja wegen seiner Arbeitslosigkeit genug Zeit. Innert zwei Tagen war die alte Wohnung aus- und die neue Wohnung eingeräumt – na ja, einige Möbel haben durch Josés Schusseligkeit Schaden genommen. Eine kleine Episode hat auch da stattgefunden, die sehr viel über seine Persönlichkeit aussagt: Zum Abbauen des Kleiderschrankes benötigte der kleine José einen Stuhl und stand mit seinen Straßenschuhen auf einem gepolsterten Stuhl ohne eine Unterlage zu verwenden. Auf meine Frage, warum er ohne Schmutzfänger da raufstehen würde, meinte er nur: „Bist du wieder zickig, oder was?" Klar konnte er schwer arbeiten, aber er war nicht in der Lage sauber zu arbeiten, hat mir immer wieder zusätzliche, unnötige Arbeiten durch seine Schlampigkeit beschert. Nach der letzten Umzugsfahrt kam ich ganz geschafft in der neuen Wohnung an und da saß José schon mit unseren beiden Hilfen und wartete darauf, bis ich ihnen einen Kaffee servierte. Sehr rücksichtsvoll, oder?

In der neuen Wohnung nächtigte José nur ein einziges Mal, ich hatte ihn wohl in seiner Ehre gekränkt, als ich ihm mitteilte, dass er augenscheinlich eine Schulung benötige, wie das Bad zu verlassen sei. Mir wurde schon früh beigebracht, solche Örtlichkeiten zumindest so zu verlassen, wie ich sie vorgefunden habe. Da hatte Josés Mutter wohl etwas versäumt. Auf alle Fälle übernachtete der gekränkte José nie mehr bei mir, was mir mehr als nur Recht war. Seine nächtlichen Toiletten-Besuche fanden in so einer Lautstärke statt, dass ich vom Schlaf aufschreckte und an weiter schlafen war wegen seines Schnarchens nicht mehr zu denken.

Immer wieder ließ José blöde Aussagen bezüglich Gewichtszunahme während der Schwangerschaft raus. Er behauptete stur heil, dass ich ganz sicher 20 kg zunehmen würde, schlussendlich waren es 10,5 kg, Wenn einer wirklich bleibend zugenommen hat, dann er. Ständig wollte er lange Spaziergänge mit mir machen, die für mich aber sehr unangenehm waren, weil ich andauernd Druck auf der Blase hatte oder einen harten Bauch bekam. Das fühlte sich etwa so an, als ob man ständig ganz dringend Wasser lassen müsste, aber keine Möglichkeit dazu hat. Immer wieder wurde ich mit Josés Exfrau verglichen oder gleichgesetzt. So wie ihre Schwangerschaften abliefen, so musste auch meine jetzige ablaufen, da hatte José ja seine „Déjà-vus" und wusste natürlich so über meine Schwangerschaft bestens Bescheid. Dazu kam noch sein großes Verkünden bezüglich Verhütung: Wenn ich hochschwanger wäre, würde er sich unterbinden lassen. Da muss ich ein wenig vorgreifen, seine Unterbindung fand statt, als unsere Tochter 16 Monate alt und wir schon getrennt waren. So viel zu: ein Mann – ein Wort.

In der 16. Schwangerschaftswoche hatte der Kindesvater die Möglichkeit, sein Kind via Ultraschall zu sehen und das Geschlecht des Kleinen zu erfahren. Oh, wie habe ich mich darauf gefreut. Wir hatten einen Termin an einem Montagmorgen, also sind wir nach dem Wochenende gemeinsam direkt von José aus zur Ärztin gefahren. Die Fahrt dorthin war schon eine Tortur für mich, weil José die blöde Angewohnheit hatte, auf der Autobahn anderen Autos knapp aufzufahren oder knapp vor einem Hindernis scharf abzubremsen. Ich stand arge Ängste auf diesen Fahrten aus und erschrak ziemlich oft, was mir nur blöde Bemerkungen wie, „da gibt es nur Eines, einfach nicht Erschrecken", von José eintrug. Dass so etwas einer schwangeren Frau absolut nicht guttut, ist ihm gar nicht in den Sinn gekommen.

Kaum waren wir bei der Anmeldung der Frauenärztin angekommen, klingelte mein Handy. Dieses Handy hatte ich gerade erst an diesem Wochenende gebraucht von José erhalten und nachdem es ein völlig ungewohntes Modell (Garmin) war, konnte ich mich nicht so schnell darauf einstellen. Also standen wir da am Tresen der Anmeldung mit einem laut klingelnden Handy, das ich einfach nicht abzuschalten bekam. Hui, da fuhr mich José schon an und ließ sich darüber aus, dass ich immer noch nicht mit dem Handy umgehen könnte. Der nächste Streich folgte zugleich, als wir etwas länger warten mussten. Da maulte er schon wieder, dass es so was in der Schweiz nicht geben würde, er würde mich bei einer anderen Versicherung anmelden, blablabla. Er hatte doch von unserem Versicherungssystem gar keine Ahnung und führte sich auf wie der größte Zampano.

Ich ließ mir meine Freude nicht nehmen, mein Baby endlich wieder via Ultraschall zu sehen. Die Ärztin eröffnete uns, dass wir ein Mädchen bekommen würden. Die Kleine saß im Bauch und schien uns zuzuwinken, ein unvergessliches Bild. José freute sich auch, glaube ich, obwohl er verlauten musste, dass er also doch ein Büchsenmacher sei. Wie auch immer, den Namen für unsere Kleine suchte er aus und ich war auch sofort damit einverstanden, dass sie Raphaela heißen sollte.

Meine Frauenärztin betreute mich bestens und ging überfürsorglich mit mir um. Bei jedem Termin vergewisserte sie sich, ob ich Stress hätte oder mir sonst irgendetwas nicht behagen würde. Sie hat mich zwischendurch mehrmals für eine Woche krankgeschrieben, damit ich mich erholen konnte, schließlich ging ich in meinem Job mehr als nur voll auf. Es gab manchmal wirklich sehr unangenehme Situationen im Büro, bei denen ich mich unheimlich aufgeregt habe. Gab es einmal Ungereimtheiten irgendeiner Art, suchte mich meine Mitarbeiterin gleich in meinem Büro auf und wollte etwas in meinen Augen völlig Logisches oder Belangloses auf der Stelle von mir geklärt haben. Da ging des Öfteren schon der Gaul mit mir durch, weil ich mit solchen Sachen meine kostbare Zeit nicht vergeuden wollte. Darum bekam die Dame auch Mal eine kleine Abfuhr in der Form, dass ich sie bat, doch später nochmals in der betreffenden Angelegenheit wieder zu kommen. Da zischte die mir doch tatsächlich zu, dass ich anders mit ihr umzugehen hätte. Gerade von einer Frau, die selber drei Kinder hat, hätte ich mir mehr Rücksichtnahme erwartet! „Ich habe das nicht notwendig, mich in meinem Zustand so aufregen zu müssen. Die Frage ist wohl die, wer wie mit wem umgeht. Ich kann jederzeit meine Tasche schnappen und zur Frauenärztin gehen, um mich krankschreiben zu lassen", bekam die "Dame" nun entgegnet und siehe da, wie mit einem Schalter umgedreht, war sie sofort überfreundlich. Dieser Zwischenfall tat mir wirklich nicht gut, ich hatte Herzklopfen bis zum Geht-Nicht-Mehr und konnte nicht mehr ruhig atmen. Von diesem Zwischenfall erzählte ich meiner Ärztin, die mich daraufhin gleich wieder mit Krankenstand zur Ruhe brachte. Ich muss ehrlich zugeben, dass ich diese Krankmeldung mit Genugtuung an meinen Chef gemailt und auf den Vorfall aufmerksam gemacht habe.

In der 30. Schwangerschaftswoche wurde ich von meiner Tochter Melanie auf Urlaub bei ihr eingeladen, sie wollte ihre Mama so richtig verwöhnen. Fliegen oder selber fahren wollte ich nicht mehr, also reiste ich mit dem Fernreisebus an. Das war eine super Idee, sehr günstig und erholsam. Ich konnte auf der 8-stündigen Fahrt so richtig vor mich hinträumen, schlafen oder lesen - das war schon Erholung pur. Melanie war ja soooo lieb und konnte sich an meinem Babybauch kaum satt sehen und schoss profimäßige Fotos davon. Wir genossen jede Sekunde miteinander und auch mein Schwiegersohn bemühte sich sehr um mich. Ach, war das ein toller und unvergesslicher Urlaub, obwohl der Abschied nach jedem Besuch schwerer wurde. Aber Melanie plante kurz nach der Geburt uns zu besuchen und mir zur Hand zu gehen, also war das nicht so lange hin.

Genau zur Endzeit meiner Schwangerschaft sollte das Wetter richtig heiß werden. Wir hatten mit Temperaturen bis zu 40 Grad zu kämpfen. Ich lag viele Nächte mit nassen Socken und nassem Handtuch bedeckt im Bett, damit wenigstens ein wenig Abkühlung möglich war.

Zu allem Übel war die Heizung meiner Wohnung defekt, d.h. der Temperaturfühler, der zeigte eine Außentemperatur von Minus 40 Grad an und die Heizung ließ sich nicht ausschalten! Das war wirklich echt krass, draußen fast 40 Grad und drinnen wurde geheizt. Nach drei Wochen wurde endlich der Fehler nach mehrmaligem Nachhaken beim Vermieter behoben.

Die Hebamme vom Geburtsvorbereitungskurs meinte, dass ein "Einrichten" der Hüfte vor der Geburt durch einen Chiropraktiker die Geburt um einiges erleichtern würde. Darauf ließ ich mich nicht zwei Mal hinweisen, ich wollte alle Möglichkeiten für eine schnelle und leichte Geburt ausschöpfen. Ein Chiropraktiker hatte tatsächlich noch einen Termin für mich frei. Bei der Behandlung merkte er nach den ersten Griffen schon, dass ich oft Kopfschmerzen haben müsste – früher litt ich wirklich oft an Migräne. Gleich nach der Behandlung fühlte ich mich tatsächlich ziemlich wohl, die Kleine drückte mir nicht mehr so in die Rippen. Aber das große Elend kam zwei Tage später: Während des Einkaufens überkam mich eine Migräneattacke mit Begleiterscheinungen, die sich gewaschen hatte. An der Kasse konnte ich nicht mehr klar sehen und meine Kopfhaut und Lippen fühlten sich taub an wie eingeschlafen. Da war ich voll in Panik und konnte gerade noch meine Freundin Maria anrufen und um Hilfe bitten. Sie muss wie die Feuerwehr unterwegs gewesen sein, auf alle Fälle war sie gleich zur Stelle und hat mich nach Hause gebracht. Dank ihrer liebevollen Behandlung ging es mir schnell wieder gut, jedoch hatte ich einige Wochen noch lästige, dumpfe Kopfschmerzen.

Plötzlich kam ein Anruf meiner Mutter, die ich seit der Trennung von Gerry weder gesehen, noch gehört hatte. Sie wollte seitdem absolut keinen Kontakt mehr zu mir und nun der Anruf bzw. ihre Nachricht auf meiner Mobilbox. Mama wusste lange Zeit nichts von meiner Schwangerschaft. Sie hielt mir auch vor, dass sie das von Fremden erfahren musste. Zu meiner Telefonnummer kam sie durch meine Schwester mit dem Wortlaut, sie hätte das Recht darauf, sie sei ja schließlich meine Mutter. Es war richtig schlimm für mich, ihre Stimme zu hören, vor allem ihr Verhalten, denn sie tat so, als wäre nie etwas gewesen. Wie sollte ich nun reagieren? Ich brach in Tränen aus. Wie sehr habe ich mir ihre Nähe gewünscht, hätte sie manchmal gebraucht, aber sie entzog sich mir ja völlig. Und nun soll ich so tun, als ob nichts wäre, keine Verletzung meiner Gefühle? Ich konnte mich zu einem Rückruf überwinden, aber ein Treffen wollte ich jetzt noch nicht, ich würde sie dann informieren, wenn das Baby da wäre. Auf Vorhaltungen meinerseits habe ich verzichtet und bin bei ziemlich alltäglichen Themen geblieben.

Voller Freude richtete ich das Kinderzimmer für Raphaela her: Eine süße Dekorbordüre wurde an den Wänden angebracht, das Gitterbettchen mit Bärchen-Mobile aufgestellt und die Babysachen in den Kasten eingeräumt. Tagtäglich stand ich vor dem Bettchen und ließ entzückt das Bärchen-Mobile kreisen. Tja, unser Baby war zwar nicht geplant, aber sehr willkommen. In der 36. Schwangerschaftswoche war die Kliniktasche schon gepackt und alles für Raphaela parat. Sie durfte jetzt kommen.

XX. Kleiner Engel Raphaela

Die letzten Schwangerschaftswochen waren ganz schön beschwerlich. Keine Position fühlte sich längere Zeit zum Schlafen oder nur zum Sitzen angenehm an. Außerdem schien Raphaela ihren Spaß daran zu haben, mir in die Rippen zu treten. Ich wünschte mir inständig, die Kleine käme etwas früher und am besten an einem Dienstag - sie hat mich wohl erhört.

Wie so viele angehende Mütter hatte mich der Putzfimmel voll im Griff. Abends kam ich dann auf dem Zahnfleisch daher und hatte schon ein Ziehen im Kreuz. Ich führte das auf die Anstrengung zurück, bis ich dann auf die Uhr schaute und bemerkte, dass diese Schmerzen halbstündlich auftraten. Konnte es sein, dass es jetzt losging? José meinte nur, das seien sicher nur Senkwehen und fuhr dann nach Hause. Ich bat ihn nur, sein Handy griffbereit zu halten. Es ließ mir ja doch keine Ruhe, also rief ich meine Hebamme an und die bestätigte mir, dass das keine Senkwehen wären. Ich sollte einfach ein warmes Bad nehmen und versuchen zu schlafen. Vorher rief ich noch Melanie an und sagte: „Ich will dich nicht beunruhigen, aber ich habe jede halbe Stunde Wehen. Jetzt nehme ich ein Bad und gehe schlafen. Morgen wird das Baby wohl kommen." *Lach* Dass Melanie jetzt nicht mehr schlafen konnte und nun doch beunruhigt war, steht wohl außer Frage.

Ab Mitternacht kamen die Wehen in 10-minütigen Abständen bis etwa drei Uhr. Da rief ich José an und bat ihn zu kommen. Mit dem Handy stoppte ich die Zeiten zwischen den Wehen und notierte die Uhrzeiten. Schließlich wollte ich nicht mehr vom Krankenhaus nach Hause geschickt werden. Um vier Uhr trafen wir im Krankenhaus ein und wurden stationär aufgenommen. Der Muttermund war etwa 2 cm offen, dann gings aber los. Innert 15 Minuten öffnete der sich komplett und wir durften schon in den Kreissaal. Zwischendurch traten kleinere Komplikationen auf, weil die Nabelschnur so kurz war und Raphaelas Herztöne schwach wurden. Also wurde Raphaela mit der kleinen Saugglocke etwas nachgeholfen und da war sie um 05.30 Uhr an einem Dienstag, 17 Tage früher: Ein kleines, süßes und laut schreiendes Mädchen mit 48 cm Länge und 2,88 kg Gewicht. Mir fielen gleich die schräg stehenden Augen auf und meine verdrängte Vorahnung wurde bestätigt: Raphaela schien das Down Syndrom zu haben. Mir fielen nämlich im letzten Schwangerschaftsdrittel immer öfter Menschen mit Down Syndrom auf bzw. sie berührten mich mehr denn je.

Dennoch erreichte Raphaela beim Apgartest die Noten 9-10-10, was ich sehr positiv bewertete. José war die ganze Zeit bei mir und war mir eine große Hilfe. Jedoch blockte er jeden Verdacht oder Äußerung bezüglich Down Syndrom ab und behauptete ganz stur, dass Raphaela das nicht hätte.

Zur Überraschung der Kinderkrankenschwester konnte Raphaela am gleichen Abend noch gestillt werden. Sie trank ganz zufrieden an mich gekuschelt an der Brust. Von wegen, Down Syndrom Kinder haben so einen schwachen Muskeltonus, dass sie nicht an der Brust trinken können! Meine Verwandten, Freunde und Bekannten wurden von mir direkt über Down Syndrom informiert und keiner hat negativ reagiert, zwar etwas geschockt aber schnell gefasst. José seinerseits ließ seine Leute im Dunkeln. Jetzt mussten einige Untersuchungen bei Raphaela durchgeführt werden, über die ich nie nachgedacht habe, wie Ultraschall des Herzens, EKG, Organscreening, Hörtest, Sauerstoffsättigung usw. Bei jeder Untersuchung hatte ich unheimlich Angst, es könnte etwas mit meiner Kleinen nicht in Ordnung sein. Auf alle Fälle hatte sie einen kleinen Herzfehler, einen AV-Kanal, der aber nicht operiert werden musste. Der wurde regelmäßig kontrolliert, die nächste Kontrolle steht in einem Jahr an, weil nur noch ein "kleines Loch" gemessen werden kann und das kaum, weil es etwa 2 mm groß ist. Ansonsten wurde nichts bei Raphaela festgestellt, Gott sei Dank.

Nachdem wir als Eltern der Kleinen nicht verheiratet waren, sollte José die Vaterschaftsanerkennung beim Standesamt

Feldkirch durchführen und sämtliche notwendigen Dokumente zur Anmeldung der Kleinen (Staatsbürgerschaftsnachweis, Geburtsurkunde) beibringen. Doch José fand es wichtiger uns drei Mal täglich im Krankenhaus zu besuchen, als sich um die Dokumente zu kümmern. Dadurch hat sich alles beim Papierkrieg mit den Ämtern verzögert und mich noch zusätzlich gestresst. Ich fand das sehr verantwortungslos, ja dumm von ihm. Apropos dumm, da fällt mir ein, dass er doch tatsächlich die Frechheit besaß, seinen Eltern meine Wohnung zu zeigen, als ich noch im Krankenhaus war. Es ist ihm gar nicht in den Sinn gekommen, dass mich das stören könnte oder meine Erlaubnis einzuholen. So übergangen zu werden, ärgerte mich ungemein.

Die größte Überraschung stellte der Besuch meiner beiden Schwestern dar. Birgit hatte mich seit meinem Selbstausschluss von den Zeugen Jehovas doch nie eines Grußes gewürdigt und jetzt stand sie plötzlich vor meinem Bett! Mit Tränen in den Augen gratulierte sie mir zu meinem kleinen Mädchen, küsste mich und hielt lange meine Hand. Wow, wieder einmal war eine Runde gefühlsmäßiges Achterbahnfahren angesagt. Wie sollte ich das einordnen? Bedeutete das, dass sie Kontakt zu mir weiterführen wollte oder sollte das ein einmaliges Ereignis bleiben? – Schon mal vorab, es blieb bei dem einmaligen Ereignis. Sie grüßt mich jetzt zwar und führt kurze Gespräche mit mir, wenn ich bei ihrem Arbeitsplatz im Geschäft vorbeischaue, aber zu Hause hat sie mich nie besucht. Keine meiner Schwestern hat mich bis dato zu Hause besucht. Es grenzt schon an ein Wunder, wenn sie wissen, wo ich überhaupt wohne.

Drei Tage nach der Geburt wurden wir mit einigen Infobroschüren über Down Syndrom und noch wahrzunehmende

Untersuchungstermine im Gepäck nach Hause entlassen. Die erste Zeit zu Hause war unheimlich hart. Ich machte mir so Sorgen um die Zukunft der Kleinen: Wie würde sie sich entwickeln? Würde sie selbständig sein? Wie sehr würde sie das Down Syndrom beeinträchtigen? Wie lange würde ich überhaupt noch leben und für sie da sein können? Alpträume und Todesängste überfielen mich. Für mich schien mein Leben nun gelaufen zu sein. Schlaflose Nächte zehrten an meinen Kräften, ich war voll depressiv und weinte sehr oft. Einen Alptraum werde ich wohl nie vergessen, der hat sich in mein Hirn eingefressen: Alles war so dunkel und ich befand mich mit der Kleinen auf hoch oben gelegenen Burg. Da riss mir ein Mann, der mir wie Gerry vorkam, mein Baby aus meinen Armen und warf es einfach über die Mauer in den Abgrund. Ich sah nur sein Gesicht und hörte sein Herz zerreißendes Schreien. Schweißgebadet schreckte ich auf und weinte bitterlich. – War dieser schreckliche Alptraum darauf zurückzuführen, dass ich mir ständig ausmalte, was wäre, wenn die Kleine sterben würde? Nein, das wollte ich nicht, mein Kind sollte leben! Ehrlich gesagt, dachte ich manchmal schon, dass ich frei sein würde, wenn die Kleine gehen würde. Wie habe ich mich über solche Gedanken geschämt und tue es noch. Ich liebe doch mein Kind über alles.

Die überfallsartigen Besuche forderten auch seinen Tribut. Nie konnte ich die Gunst der Stunde nutzen, wenn gerade Mal die Kleine schlief. Der einzige Vorteil an dem Ganzen wer der, dass ich schnell Gewicht verlor und ich schon wieder „normale" Sachen tragen konnte. José brachte mir absolut kein Verständnis entgegen, als ich mich über zu viel Besuch beklagte. Seine Eltern beschwerten sich zusätzlich, dass wir sie nicht besuchen würden und sind einfach ohne

Anmeldung bei mir aufgetaucht. Josés Mutter war geschockt, als sie meine dunklen Augenringe im blassen Gesicht sah und meinte nur, du musst schlafen und dich ausruhen. Nutze die Zeit, wenn die Kleine schläft. Haha, wie sollte ich das machen, wenn immer wieder solche unangemeldeten Besucher auftauchten?

Und da war noch eine so genannte Freundin, der nichts Besseres einfiel, als sich über meine großen Brüste auszulassen. „Boah, hast du große Euter", durfte ich mindestens drei Mal hören, obwohl ich sie darauf hinwies, dass mich das kränkte und außerdem ein Baby voll gestillt würde. In dieselbe Schneise musste José dann auch noch schlagen. Ihm hatte ich ganz aufgebracht von dieser Beleidigung erzählt und auch über meine Absicht, diese Freundschaft zu kündigen. Da waren Josés Töchter zu Besuch, saßen am Tisch und hatten nichts Besseres zu tun, als mich beim Stillen zu beobachten und sich über meine großen Brüste auszulassen. José rief zu mir rüber: „Mit deinen großen Brüsten könntest du noch jemanden erschlagen." – Sollte ich das etwa witzig finden? Auf alle Fälle fanden das alle lustig und lachten lauthals los. Also hatte José mir nicht richtig zugehört bzw. absolut kein Interesse an meiner Gefühlswelt – ob ich ihm so schnell wieder einen Einblick in meine Gefühle geben würde, war sehr fraglich. Das ließ ich nicht auf mir sitzen und schrieb ihm am nächsten Tag eine Nachricht, um ihn damit zu konfrontieren. Er meinte nur, es sei ihm nicht klar gewesen, dass mich das verletzen würde, demnach hätten wir eine unterschiedliche Auffassung von Humor. Nicht ein Wort der Entschuldigung! So ein arroganter Vollidiot. Zumindest hatte ich ihm schon angekündigt, dass er meine Gefühle vielleicht ein wenig nachvollziehen könnte, wenn ich mich nach seiner Vasektomie über seine „blauen Eier" auch vor Publikum lustig machen würde.

José brachte eigentlich immer sehr viel Unruhe in Raphaelas und meinen Tagesablauf. Nachdem wir ja nicht zusammenwohnten, tauchte er am Montag, Donnerstag, Freitag und am Wochenende bei uns auf, blödelte mit der Kleinen rum, sodass sie voll aufgekratzt war und nicht mehr einschlafen konnte. Sobald sie vor Übermüdung zu schreien begann, drückte er mir Raphaela wieder in die Arme mit den Worten es wäre jetzt Mamazeit. Er setzte sich dann zum „Fernschlafen" hin und ich konnte sehen, wie ich die Kleine zum Schlafen brachte. Oh, wie oft habe ich ihn beneidet, wenn er schnarchend vor der Glotze hing! Ich konnte ja keine Nacht durchschlafen und wäre über ein wenig Entlastung echt dankbar gewesen. Also durfte ich abwarten bis der gnädige Herr ausgeruht genug war um nach Hause zu fahren, bis ich dann selbst zu Bett gehen konnte.

Dass José in absolut keiner Weise in seiner Freiheit von mir eingeschränkt wurde, können alle unsere Bekannten unterschreiben. Dienstag und Mittwochabend war er immer mit seinem Freund George unterwegs, manchmal auch Freitagabend – da gingen sie zusammen in eine berüchtigte Tanzbar. So gut hatte ich diesen Freund schon kennen gelernt, dass ich wusste, worum es bei diesen Abenden ging. Die beiden hatten nichts Besseres zu tun als Frauen zu begutachten und unter anderem anzusprechen. So dumm wie ich war, hatte ich vollstes Vertrauen in José.

An Sonntagen gingen wir meistens zusammen Frühstücken, obwohl das mit Raphaela nicht immer so einfach war. Die Kleine sollte ja gut versorgt sein bis José uns abholen kam.

Leider zeichnete sich José oft durch Unpünktlichkeit aus und ich saß wieder auf Nadeln, damit wir den Bedürfnissen unserer Kleinen gerecht werden konnten. Darum musste Raphaela oft im Auto noch gestillt werden, was bei Josés Fahrstil echt eine künstlerische Leistung war. Einen Sonntagnachmittag einmal gemütlich zu Hause zu verbringen, kam für José schon gar nicht in Frage, es musste immer etwas laufen – oder er schlief umgehend auf dem Sofa ein.

Wie es mit meiner Gefühlswelt stand, soll nachstehendes Gedicht zeigen:

ENGEL RAPHAELA

*Eigentlich wollte ich
nur noch Oma-Sein genießen,
bis mit 46 Jahren
meine Tage auf sich warten ließen.
Ein Test brachte die Wahrheit
gleich ans Tageslicht:
Fehlalarm, die Wechseljahre
waren es noch nicht!
Die letzte Schwangerschaft
lag doch so lange zurück –
und nun erneut Hoffnung
und Freude im Mutterglück.*

*Alles verlief wunderbar
und in geordneten Bahnen,
doch im letzten Drittel fing ich an,*

etwas zu ahnen.
Mein Blick war ständig
auf jene Menschen fokussiert,
bei denen sich
das 21. Chromosom „trisonomiert".
Von weiteren Untersuchungen
habe ich abgesehen,
wär' mein Baby krank,
würde es von sich aus gehen.

Unsere Tochter wurde
zwei Wochen zu früh geboren
Und ich habe sofort
mein Herz an Raphaela verloren.
Alles war so winzig klein,
ihre Haut so zart und fein –
Sie konnte mit kräftiger Stimme
aber ganz laut schrein.
Trotzdem sprach der Arzt irgendwas
von einem Verdacht,
es würden zur Sicherheit
eben noch einige Tests gemacht.

Also kam meine Ahnung
damals doch nicht von ungefähr,
man sagte uns, dass Raphaela
ein Down-Syndrom-Kind wär'.
Mir schien es, den Boden
unter den Füßen weg zu ziehen,
aus dieser Situation gab es
nie und nimmer ein Entfliehen.
Angst, Traurigkeit, Wut und Zorn
fielen über mir zusammen,
das Schicksal schien

mir ein Messer ins Herz zu rammen.
Überweisungen und Broschüren
wurden uns ausgehändigt,
über den Down-Syndrom-Verein
wurden wir auch verständigt.
Das alles stellte sich für mich
noch als Zwangsbeglückung dar,
meine Gefühle fuhren Achterbahn,
nichts war für mich klar.
Ich musste mich mit
der grausamen Realität auseinandersetzen
und wollte nicht von einem Untersuchungstermin
zum andern hetzen.

Über meinem kleinen, süßen Engel
schwebten nun tausende Fragezeichen.
Wie wird sie sich entwickeln,
wird es für ein selbständiges Leben reichen?
Todes- und Existenzangst
legten sich wie ein schwarzes Tuch über mich,
schreckliche Albträume raubten mir den Schlaf,
es war einfach widerlich.
Als Belastung empfand ich
Kontakt mit Eltern von Down-Syndrom-Kindern,
es kam mir vor wie in offenen Wunden zu schüren –
das wollte ich verhindern.

Die Reaktion meiner beiden Großen
auf Klein-Raphaela war famos,
sie liebten ihre Schwester von Anfang an
innigst und bedingungslos.
Die Kleine wurde von allen
einfach so angenommen, wie sie war –

*Sie hatte ja alle Herzen
gleich im Sturm erobert, das war schon klar.
Dadurch lösten sich meine Anspannung und Angst
um meinen Schatz
Und machten so der Freude,
Neugier und Mutterstolz neuen Platz.*

*Nach 6 Monaten kann ich sagen,
ich komme klar, es hat sich so viel getan.
Meine Kleine entwickelt sich wie jedes andere Kind,
aber nach ihrem Plan.
Nie werde ich ihr erstes Lachen vergessen,
es hat mein Herz so tief berührt.
Raphaela ist ein sonniges, ganz besonderes Kind,
das mit allen Sinnen spürt.
Zudem haben wir nun so viele, liebe Menschen
im Verein gefunden,
die stehen uns immer bei,
sei es in guten, wie in schlechten Stunden.*

XXI. Einsame Beziehung

Der Alltag machte sich breit; jede Woche lief gleich ab, was auch bedeutete, dass ich mit all den Sorgen um Raphaela alleine dastand. José war weder bei den diversen Untersuchungen (zwei Mal Hörtest, Organscreening, Beratungsgespräch wegen des Down Syndroms, Ultraschalluntersuchung des Herzens) dabei, noch las er die Befunde durch. Für ihn hatte Raphaela das Down Syndrom einfach nicht,

Punkt. Auch was die Sicherheit im Straßenverkehr anging, war José schlicht und einfach eine „Wildsau". Er selbst schnallt sich prinzipiell nicht an, und lange Zeit musste ich Raphaela in den Armen halten, wenn wir mit dem Auto unterwegs waren. Das konnte ich nur ändern, indem ich einen Kindersitz für Josés Auto anschaffte.

Apropos kaufen, in finanziellen Dingen benahm sich José immer ganz schön schleierhaft bzw. unklar. So teilte er mir mit, dass er den Unterhalt für seine großen Mädchen lieber über das Amt zahlen würde, weil er mit seiner Exfrau absolut keinen Kontakt haben wollte. Dabei weigerte er sich einfach den Unterhalt zu leisten. Wenn ich unser Frühstück oder auch andere Dinge bezahlen wollte, ließ er sich sofort darauf ein. Ein Wunder, dass er den Unterhalt für Raphaela freiwillig auf € 500,00 festlegte, jedoch den ersten Monat die Überweisung versäumte.

Da fällt mir noch eine Episode ein, bei der wir wunderschöne Fotos von der Kleinen erwerben konnten, die auf der Wochenstation von einer Fotografin geschossen wurden. Das gesamte Paket wäre auf € 200,00 gekommen und José meinte, ich solle die Fotos aussuchen, er würde mir die Auswahl überlassen. Also ich habe das so verstanden, dass er sich finanziell daran beteiligen würde, aber dem war nicht so. Die Kosten wurden von mir alleine getragen. Wie auch immer, ich habe auch stets darauf geachtet, dass sämtliche Ausgaben von uns beiden ausgeglichen waren. – Nach unserer Trennung sollte sich da Einiges klären, aber dazu komme ich später.

Auch wenn es jetzt egoistisch anmutet, für mich selbst blieb nie Zeit. Die Kleine war sehr auf mich fixiert und José widmete sich ihr kaum – er hat sie in den knapp zwei Jahren nur einmal gewickelt, nie gebadet oder gefüttert. Da waren die tollen Besuche bei meiner großen Tochter Melanie in Deutschland eine willkommene Abwechslung. So alle drei Monate planten bzw. unternahmen wir eine Reise zu ihr, wunderbare Highlights für meine Seele.

Natürlich fanden diese Besuche ohne José statt, sonst wäre das Ganze wieder in Stress ausgeartet mit der Unruhe, die dieser Mann in sich trägt. Bei diesen Besuchen wurde mir schmerzlich von Melanie und ihrem Mann vor Augen geführt, wie liebevoll und achtsam eine Beziehung geführt werden kann. Immer wieder wurde mir bewusst, wie sehr mir so eine Verbundenheit oder einfach „Familie" fehlte – ich fühlte mich sehr, sehr einsam.

Wenn ich so meine Beziehung reflektierte, merkte ich, dass sich abermals Einiges wiederholte, was ich schon bei den vorigen erlebt hatte. Wieder schien es mir verwehrt zu sein, so sein zu dürfen, wie ich war. Gewisse Bücher versteckte ich vor José, damit ich seine abwertenden Kommentare nicht hören musste. Sowieso nervte es mich unheimlich, dass er alles und jeden bewerten musste und nichts einfach so hinnehmen oder akzeptieren konnte, wie es war. Zudem kamen bei mir keine erotischen Gefühle für José auf, ich war auf eine Weise ausgebrannt. So schien es mir nicht fair, ihn hinzuhalten, weil Sexualität für ihn eine sehr große (eigentlich DIE) Rolle spielte. Schweren Herzens versuchte ich meine Gedanken und Gefühle José zu erklären und ihn frei zu geben. Das traf ihn so sehr, dass er in Tränen ausbrach. Er meinte, dass wir der Kleinen zuliebe doch zusammenbleiben sollten. Weiter so zu leben, konnte ich mir aber wirklich nicht vorstellen – das war eine eigenartige Beziehung, wir wären nicht gebunden, aber auch nicht frei. Nach einigen Tagen schrieb er mir eine Nachricht, dass Sex für ihn nicht so wichtig wäre, sondern Gemeinsamkeit, also gemeinsam lachen und füreinander da zu sein. Meine Antwort fiel sehr klar aus, dass sich diese Einstellung aber bis jetzt nicht aktiv erkennen ließ. Wir entschlossen uns, weiter gemeinsam mit der Kleinen etwas zu unternehmen und an Familienfesten teilzunehmen, jedoch keinem etwas über unsere „Trennung" zu sagen. Es fanden dann plötzlich so gute Gespräche statt, dass ich unserer Beziehung doch noch eine Chance geben wollte und José ging auch darauf ein. Eines dieser Gespräche über Josés „besondere Fähigkeiten" ließ mich schon etwas an ihm zweifeln. Er behauptete, er könne in die Menschen reinsehen. Das tat er, als er meine Nachbarin kennen lernte, da behauptete er mit voller Überzeugung, sie hätte eine Affäre mit einem anderen Mann. Oder ganz krass erschien mir sein Reinsehen in meine Nichte, die er noch nie gesehen hatte und mir nach der Begrüßung mitteilte, dass sie frigide sei, sie würde nicht nass! Komisch, dass sich seine Fähigkeiten so sehr auf das Sexuelle beschränkten, nicht wahr? Für mich hatte er einfach eine Ecke weg. Unheimlich wurde mir, als er meinte, er müsse Raphaela gesundheitlich helfen und „reingehen" (wohin genau, konnte oder wollte er mir nicht erklären), was er aber nicht zu oft machen dürfte. Weil er müsste dann zu viel von seinen Lebensjahren hergeben. – Das kam mir schon etwas schräg vor, wenn nicht schon schwarz magisch. Dennoch bemühte ich mich sehr, schrieb ihm öfters SMS und machte ihm Komplimente, versuchte einfach seine Denkweise zu verstehen. Das war im September 2014, kurz nachdem Raphaela ihren ersten Geburtstag feierte.

Dann kam die Veränderung, schleichend, fast unmerklich. Unerwartet wies José in seinem Handy den Kontakten Klingeltöne zu, was er bis zu diesem Zeitpunkt für überflüssig hielt. Als ich danach fragte, reagierte er erschrocken, irgendwie ertappt. Dem wollte ich einfach nicht mehr Aufmerksamkeit schenken und musste lachen, weil ich das auch gerade gemacht hatte – jedoch hatte er andere Gründe, was sich später herausstellte. Abnehmen stand nun auf Josés Plan, auf Biegen und Brechen, auch wenn es hieß, nichts zu essen. Neue Anziehsachen mussten nun auch noch angeschafft werden. Zum Anrufen hatte er auch kaum mehr Zeit und musste öfters seinen Freunden vom Motorradclub zur Hilfe eilen. Unsere Gespräche reduzierten sich auf völlig banale Dinge oder drehten sich nur um Raphaela. Nun fing José auch noch an, unsere beiden Familien zu differenzieren, was er vorher noch nie gemacht hatte. Mir kam vor, dass er richtig Streit suchte. Wie zum Beispiel als es darum ging, zusammen mit einem befreundeten Paar einen Kinderbazar an einem Samstagmorgen zu besuchen. José versicherte mir in vollem Brustton, dass es ihm nichts ausmachen würde, an einem Samstag schon um halb neun bei mir auf der Matte zu stehen. Pünktlich standen Raphaela und ich parat, nur José tauchte mit zwanzig Minuten Verspätung auf. Ich war ganz schön verärgert, weil wir uns ja um neun Uhr mit dem Pärchen treffen wollten. Aber das Gesicht und die Laune Josés stellte meine Verärgerung in den Schatten – auf meine Anfrage, was passiert wäre, fuhr er mich an: „Kannst du mich nicht in Ruhe herunterkommen lassen und musst du immer wieder nachbohren? Lass mich einfach in Ruhe!" Ich hätte meinem ersten Impuls nachkommen und ihn aus meinem Auto oder besser aus meinem Leben rausschmeißen sollen. Ruhig erklärte ich ihm, dass er nicht mitkommen müsste und doch zu Hause bleiben könnte, wenn er keine Lust hätte, mitzukommen. Er unterstellte mir nur, dass ich dann beleidigt wäre. Auf jeden Fall war mein Tag schon gelaufen und meine Laune im Keller – nach diesem Eklat war mir ganz klar, dass ich niemals mit diesem Mann zusammenziehen würde. Wir hatten das wirklich schon ernsthaft in Erwägung gezogen. Nun war das für mich jedenfalls hinfällig. Es erschien mir sowieso ungewöhnlich, dass alles Finanzielle über mich laufen sollte, wenn wir gemeinsam wohnen würden. Die spanische Zicke José durfte ich live erleben, als er 16 Leute zum Raclette bei sich zu Hause eingeladen hatte. Ich wollte mich dabei einbringen und verschiedene Saucen zubereiten, ihm überhaupt dabei helfen. Da hatte ich die Rechnung wohl ohne den Wirt gemacht! José stellte Biertische und Bierbänke in seiner Wohnung auf und fluchte leise vor sich hin. Zu mir meinte er: „Du kommst immer so früh und dann kann ich nicht machen, was ich will. Jetzt kann ich nicht einmal vor mich hin fluchen, weil die Kleine schläft!" Und wieder bin ich darauf nicht darauf eingestiegen einen Streit vom Zaun zu brechen. Nachdem wir gegessen hatten, fuhr ich mit Raphaela nach Hause. Alle waren von meinen Saucen begeistert, José aber war sich wohl für ein „Dankeschön" zu fein. Weiter ging es beim Geburtstag seiner Mutter im Dezember. Wir sollten uns bei José zu Hause in der Schweiz treffen und dann gemeinsam zum Essen in ein Restaurant fahren. Nachdem er ja gemault hatte, ich käme immer zu früh, trudelte ich fünf Minuten vor dem Termin bei ihm ein. Das war ihm auch wieder nicht Recht und er entgegnete mir, er spüre negative Schwingungen. Ich versicherte ihm, dass sicher keine von *meiner* Seite ausgingen. Gleich nach dem Essen bzw. Kuchen bei seinen Eltern verließ ich die schweizerischen Gefilde, was José mehr als nur Recht zu sein schien. Es war ein sehr unangenehmes Gefühl, was er mir vermittelte, nämlich unerwünscht zu sein.

Weihnachten stand vor der Tür und ich freute mich riesig auf die Weihnachtsmärkte, vor allem auf den Einkauf vom Weihnachtsschmuck. Als erstes suchten wir die Ausstellung eines Baumarktes auf und José ermunterte mich immer wieder, doch alles zu nehmen, was mir gefiel. Wie üblich, durfte ich dann aber auch alles selbst berappen. Wir planten zusammen mit seinem Freund George und seiner Lebensgefährtin zum Weihnachtsmarkt nach Deutschland zu fahren. Das bedeutete, dass wir früh losfahren mussten und Raphaela geweckt werden musste.

Die Kleine war schon etwas kränklich als wir starteten – wir wären besser zu Hause geblieben. Sicherheitshalber packte ich noch Fieberzäpfchen ein. Wir trafen uns bei einer Tankstelle, wo wir noch zusammen frühstückten, bis wir endlich losfuhren. Das hätten wir uns sparen können und Raphaela hätte nicht geweckt werden müssen. Als wir ankamen, wurden wir von George noch zu einem Frühstücksbuffet eingeladen. Raphaela ging es immer schlechter. Ich sollte mich aber als erster am Buffet bedienen und José würde bei Raphaela sein. Dem fiel aber nichts Besseres ein, als mir mit dem mit Rotz verschmierten und schreienden Kind zum Buffet nachzulaufen. Er war nicht fähig, der Kleinen die Nase zu putzen und sie zu trösten. Gott sei Dank hatten wir die Zäpfchen dabei, denn Raphaela hatte schon erhöhte Temperatur. Aber nicht einmal zu diesem Zeitpunkt waren wir es José wert, das Ganze abzubrechen und nach Hause zu fahren. Die Stimmung war eigenartig, absolut nicht weihnachtlich. Es stimmte einfach etwas nicht – es kam einfach keine Freude in mir auf, nur das Gefühl unerwünscht zu sein. George ermunterte José bei einem Stand noch neben mir, eine Frau anzusprechen, die anscheinend ein Foto vom Markt und sich schießen wollte. Das war doch das Letzte! Das erste Mal sagte ich zu José, dass er sich unterstehen sollte, in meiner Anwesenheit eine andere Frau anzubaggern. Er stand da wie ein gerügtes, kleines Kind. Gott sei Dank ging der Tag schnell vorüber und wie immer wurde die Kleine dann im Auto gestillt, als es endlich heimwärts ging. Unsere Laune war etwas angespannt, so als ob wir eine große Enttäuschung erlebt hätten.

Endlich kam der Zeitpunkt den Weihnachtsbaum in Josés Wohnung aufzustellen und zu schmücken. Dazu sollte ich an einem Samstagvormittag mit der Kleinen um zehn Uhr herum auftauchen. Ich war pünktlich da, nur José glänzte durch Abwesenheit, also fing ich halt alleine mit dem Schmücken an. Irgendwann trudelte auch er ein und meinte nur, er hätte noch einige Geschenke besorgen müssen. Hm, diese Aussage und seine Ausstrahlung standen im krassen Widerspruch zueinander. Er war ganz bestimmt nicht einkaufen. Der Baum sah wunderschön aus, ein richtiges Prachtstück. Voller Freude umarmte und küsste ich José, was er gerade mal über sich ergehen ließ und mir seine Aversion klar signalisierte. Alles in mir schrie Alarm, aber ich wollte mich jetzt einfach nicht damit auseinandersetzen. Also legte ich mein Geschenk für ihn unter den Baum und zog mich innerlich zurück.

Ich ließ mir aber meine Freude auf den Besuch von Melanie mit Mann, Kind und Schwiegereltern zu Weihnachten nicht nehmen. Sie hatten ein Appartement im Bregenzer Wald angemietet, was etwa 40 Fahrminuten von mir entfernt auf höherer Lage war. Wir hatten vereinbart, dass wir Melanie zu ihrem Geburtstag dort besuchen würden. Die ganze Fahrt dahin unterhielten wir uns über allgemeine Themen oder José erzählte mir irgendwas, was mich absolut nicht interessierte. Alles nur, damit keine peinliche Stille im Auto aufkam. Als wir bei Melanie ankamen, hielt sich José sehr im Hintergrund und ging auf kein Gespräch wirklich ein, auch um Raphaela kümmerte er sich so gut wie gar nicht. Die Bescherung sollte unbedingt noch am gleichen Abend bei ihm zu Hause stattfinden. Ich konnte gar nicht nachvollziehen, warum er so darauf drängte, das war doch normalerweise für den 24. Dezember angedacht. Mir fiel nur ein, dass er sich bei Nachfragen, wie wir denn den Heiligen Abend verbringen oder was wir essen würden, vor einer Antwort drückte. Das sei noch gar nichts entschieden. Ich spürte schon, da war etwas im Busch und er war einfach zu feige, ehrlich zu sein. Also fuhren wir zu ihm nach Hause und packten unsere Geschenke aus. Er hatte für mich einen Staubsauger besorgt, weil mein noch funktionierender ihm zu unhandlich erschien und auch einen Mikrowellenherd – obwohl er wusste, dass ich von Mikrowellen absolut nichts hielt. Für ihn hatte ich eine Armbanduhr von Skagen, seiner Lieblingsmarke, besorgt und mich ganz schön in Unkosten gestürzt. Raphaela bekam ein Musikinstrument, das jedoch in seiner Wohnung verbleiben sollte, wenn die Kleine bei ihm sei. Aha. Er hatte schon vor einiger Zeit ein Kinderbett und Spielsachen angeschafft mit der Begründung, dass es Raphaela bei ihm an nichts fehlen sollte. Das bedeutete also, zusammen wohnen war keine Option, aber nur die Kleine bei sich zu haben, schon. Über seine genauen Pläne weihte er mich gar nicht ein, ließ mich völlig im Dunkeln. Für wie dumm hielt er mich eigentlich? Es war doch sonnenklar, dass er wieder so ein Leben wie nach seiner Scheidung führen wollte. Frei sein und höchstens an Wochenenden den Vaterpflichten nachkommen. Nach der freudevollen Bescherung führte er uns nach Hause, um uns so schnell wie möglich wieder zu verlassen. In mir kam ein wohl bekanntes Gefühl auf: innere Leere verbunden mit Einsamkeit.

Am 24. Dezember lud ich Melanie mit ihrer Familie zu mir auf Kaffee und Kuchen ein. Auch José sollte dazu kommen und verspätete sich wie immer. Auffallend erschien mir nur, dass sein Freund George mich anrief um mir mitzuteilen, dass José gerade losgefahren sei und gleich ankommen müsste. Tja, das „Gleich-Ankommen" dauerte eine volle Stunde. José erschrak, als ich ihm mitteilte, dass George mich angerufen habe. Als mein Besuch wieder gegangen war, fing José an, aufzuräumen und abzuwaschen. Er benahm sich so, als ob er noch seine Aufgaben erfüllen müsste, bevor auch er das Feld verließ. Genauso war es auch. José wollte den Abend mit George verbringen, wie er es auszudrücken pflegte, in den Ausgang gehen. Das traf mich unheimlich und verletzte mich sehr. Welcher halbwegs normal tickende Mensch verbringt den Heiligen Abend lieber mit seinem Freund, als mit seiner Familie? Wie in einem Gebet bat ich „die da oben" Klarheit und Wahrheit in diese Beziehung zu bringen. Es sollte endlich eine Entscheidung fallen und das Richtige geschehen. Josés Eltern feiern jedes Jahr den 25. Dezember mit der ganzen Familie, d.h. mit ihren Kindern und Enkeln. Die großen Mädchen und wir sollten uns bei José treffen und dann gemeinsam zum Essen zu den Eltern ins Nachbarhaus hinübergehen. Ich kam etwas früher, weil ich José endlich stellen wollte. Gerade heraus fragte ich ihn, was sein Verhalten eigentlich sollte? Er antwortete: „Ich wollte eigentlich warten bis die Feiertage vorbei sind und dann mit dir reden. Ich habe keine Gefühle mehr für dich und möchte unsere Beziehung der Kleinen zuliebe so halten wie im August, als du Schluss machen wolltest." Dass er eine andere Frau hatte, verneinte er. Komisch, ich durfte aber auf keinen Fall ins Schlafzimmer gehen. Da war doch etwas mehr als oberfaul, klar hatte er eine Andere. Zu seiner ältesten Tochter sagte er noch am selben Abend, er hätte die große Liebe seines Lebens gefunden. Ich Idiot bin noch zu dem Essen mitgegangen und habe das Schmierentheater mitgespielt mit dem Bewusstsein, dass ich das letzte Mal diese Familie sehen würde. Seine Mädchen hatten unsere Trennung schon mitbekommen und ihren Vater beschimpft. José sang noch so scheinheilig bei den Weihnachtsliedern mit, ich hätte ihm am liebsten voll ins Gesicht geschlagen. Ich fühlte mich wie betäubt und funktionierte nur noch. Beim Verabschieden sagte ich José klar, dass er uns die nächsten zwei Tage ja fernbleiben sollte. Mann, hatte ich eine Wut, so einen brennenden Zorn auf diesen kleinen, falschen, spanischen Lügner! Es fiel mir wie Schuppen von den Augen, wann er gelogen haben und mir etwas vorgespielt haben musste. Trauriger weise konnte ich Melanie auch nicht mehr besuchen, weil so hoch Schnee lag und eine Fahrt zu ihr zu gefährlich gewesen wäre. Das verstärkte meine Traurigkeit um ein Vielfaches. Klar hatte ich um eine Entscheidung gebeten, es tat aber trotzdem unheimlich weh.

Nach zwei Tagen schrieb José mir tatsächlich noch eine SMS, ob ich Lust auf Frühstück hätte! Er bekam nur ein knappes Nein als Antwort und fragte dann, wann er die Kleine sehen dürfte. Er sollte sie für zwei Stunden holen, weil sie ja noch gestillt wurde, war da zeitlich nicht mehr drin. Meine Wohnung würde dieser Mensch nie wieder betreten und ich würde mit ihm schon gar nicht irgendwohin gehen. Als er vor der Türe stand, fragte er noch dumm, warum ich so böse sei! Ich habe ihm nur vor die Füße geschmissen, dass ich die Schnauze voll hätte von so falschen Arschlöchern. – Derb ausgedrückt, aber wahr.

Wir mussten nun einen Weg finden, die Besuchszeiten für Raphaela zu regeln. José sollte die Kleine sonntags von 10.00 bis 17.00 Uhr sehen bzw. zu sich holen so lange sie gestillt wurde. Danach jedes zweite Wochenende von Samstag 10.00 Uhr bis Sonntag 17.00 Uhr. Damit erklärte er sich sofort einverstanden. Dennoch ließ er es sich nicht nehmen, mir folgende E-Mail zu schreiben: Meine Antwort fiel meiner Wut entsprechend aus, danach wurde er von mir blockiert.

Am 31. Dezember 2014 um 19:33 Uhr schrieb José:

> *Du strafst mich für die Versuche und die Hoffnungen die ich hatte, dass meine Gefühle für dich wieder so sein würden wie vor unserer letzten Trennung. Es waren schöne Momente mit dir beim Einkaufen des Weihnachtsschmuckes und der Ausflug nach Ulm. Leider kamen meine tiefen Gefühle für dich nicht zurück. Ich hatte mehr das Empfinden, wir wären gute Freunde mit einer gemeinsamen, süßen Tochter. Ich weiß heute, dass, wenn ich früher etwas gesagt hätte, du nicht so enttäuscht sein würdest. Die Entschuldigung kommt wohl zu spät. Hoffe aber doch, dass wir auf einer kollegialen Basis unsere Kleine gemeinsam erziehen können. Es würde mich freuen, wenn du den Christbaumschmuck nehmen würdest. Mit deinem Vorschlag bin ich einverstanden. Du weißt, ich liebe unsere Kleine sehr. Dann lassen wir den Termin morgen fallen und ich hole sie am Sonntag ab.*
>
> *Grüße und trotz allem alles Gute euch beiden fürs 2015.*

Darauf antwortete ich am 31. Dezember 2014 um 20:48 Uhr:

Hallo,

Strafe ist das ganz bestimmt nicht, sondern mein gutes Recht, meine Gefühle, besonders meinen Zorn über so viel Falschheit zu leben. Schöne Momente konnte ich nicht in Ulm empfinden, eher die Sorge um unser krankes Kind. Enttäuscht bin ich absolut nicht, weil ich schon viel früher deine Tendenz bemerkt habe - es ist eher Bestätigung.

Deine "Entschuldigung" kannst du knicken, interessiert mich absolut nicht mehr. Du bist für mich nur der Vater meiner Tochter, mit dem ich so wenig wie möglich zu tun haben möchte. Eine kollegiale Basis strebe ich nicht an, bestenfalls eine halbwegs anständige.

Auf den Christbaumschmuck pfeife ich, den kannst du behalten - und der Wert, den ich dafür investiert habe, müsste ungefähr die Kosten für deine Weihnachtsgeschenke decken. Zudem hätte ich sowieso keine Freude damit. Wirf ihn fort oder mach was du willst damit.

2015 möge jedem das bringen, was er verdient.

Adieu.

Die Weihnachtsgeschenke und auch alle anderen Geschenke von José wurden weitergegeben oder entsorgt. Ich wollte absolut nichts mehr in meiner Wohnung haben, was von ihm stammte oder mich an seine Falschheit erinnerte. Die großen Mädchen von José besuchten mich des Öfteren und klärten mich richtig über ihren Vater auf, bezeichneten ihn auch selbst als ein A.......

Auf alle Fälle stellte sich heraus, dass José seine Exfrau mit einem riesen Schuldenberg in seinem ach so geliebten Haus zurückgelassen hatte. Beinahe täglich sei jemand von der „Betreibung" auf der Matte gestanden. Unterhalt hätte er sowieso nie bezahlt, den musste seine Exfrau über das Amt einfordern. Zudem war José seit seinem Firmenkonkurs total verschuldet. Die Sparbücher seiner Töchter hätte er auch einfach geräumt, auf die ihr Taufpate für Urlaube etwa CHF 60.000,00 einbezahlt hatte. Das ist ja ein toller und verantwortungsvoller Vater! Darum sollte also alles auf meinen Namen laufen, wenn wir zusammengezogen wären. Eine Rechnung bei einer Kfz-Werkstatt hatte er auch einfach nicht beglichen. Inzwischen wurde schon gerichtlich etwas in dieser Sache in die Wege geleitet. Eigentlich kann ich froh sein, dass ich ihn los bin.

Anfangs ging es noch halbwegs gut mit dem Abholen von Raphaela. Bis sie krank wurde und sich seitdem strickt weigerte mit ihrem Papa mitzugehen. Einmal würdigte sie ihn keines Blickes, aß und trank einfach nichts und schrie nur noch. Da rief er mich an und ich bot ihm an, Raphaela abzuholen. Das wollte er nicht, weil seine Freundin mit den Kindern käme – blöde Aussage, was bezweckte er damit? Wie auch immer, seitdem sieht er die Kleine nur sonntags kurz unter der Haustüre. Sie will von ihm nicht auf den Arm genommen werden. Ich muss ehrlich gestehen, dass mir das ein wenig Genugtuung gibt. Wie sich das weiterentwickelt, steht in den Sternen. Bis dato hat José pünktlich den Unterhalt überwiesen, hoffentlich bleibt es so, sonst bekommt er echte Schwierigkeiten. Zurzeit bin ich noch ziemlich wütend auf José, weil er es sich schon ziemlich einfach macht. Er meint, er kann auftauchen, wie es ihm passt. Ich bin jedoch nicht willens, mich nach diesem großen Zampano auszurichten. Wenn er nicht pünktlich ist und die ausgemachte Zeit um mehr als zehn Minuten überschreitet, ist seine Chance für dieses Mal vorbei. Ich habe große Schwierigkeiten mir vorzustellen, wie er mit Raphaela und seiner neuen Flamme und deren Kindern etwas unternimmt, auf heile Familie macht. Am liebsten wäre mir, er würde nie mehr auftauchen. Klar, das wäre Raphaela gegenüber nicht fair und sehr egoistisch von mir – ich arbeite noch daran.

Nun ist es so, dass ich finanziell sehr am Limit bin und arbeiten gehen muss. Raphaela kommt in eine Halb-Tages-Betreuung, die auch ziemlich viel Geld kostet. Ich hätte mir alles anders gewünscht, muss es aber nun mal so hinnehmen. Manchmal bin ich schon sehr traurig, dass meine Kleine das Down Syndrom hat und noch nicht so weit wie die anderen Kinder ihres Alters ist. Wie sehr wünsche ich mir (freue ich mich darauf), dass sie Mama zu mir sagt und mir entgegenläuft. Umso größer ist meine Freude, wenn sie etwas Neues gelernt hat und vor allem berührt sie mein Herz so sehr, wenn sie lacht.

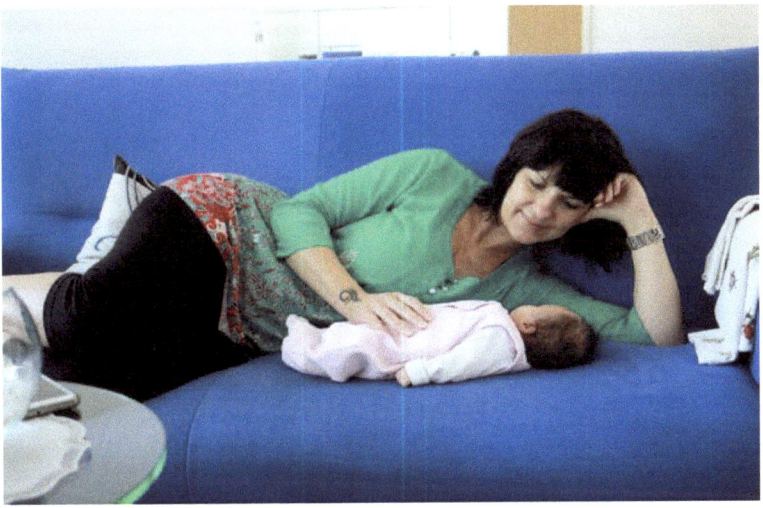

Und vielleicht gibt es da auch einen, der zu uns passt, vielleicht?

Epilog

Wir schreiben den 19.07.2015 und ich habe soeben das letzte Kapitel abgeschlossen. Der momentane Stand ist der, dass ich mit meiner kleinen zweijährigen Tochter in Götzis wohne und auf Wohnungssuche bin. Ich möchte einfach neu anfangen können, und das in einer Wohnung, wo die Heizung funktioniert, der Keller nicht regelmäßig überflutet wird und eine Spülmaschine im Inventar bereits inkludiert ist.

Im September fange ich wieder halbtags in meiner Firma zu arbeiten an. Jetzt muss meine kleine Raphaela noch in die Kinderbetreuung eingeführt werden. Es fällt mir unheimlich schwer, sie loszulassen. Es war mein Herzenswunsch, wenigstens bis zur normalen Kindergartenzeit mit vier Jahren meine Kleine selbst zu betreuen. Aber aus finanziellen Gründen ist es einfach nicht möglich.

Es gibt einige Abende und Situationen, wo ich wirklich fertig bin und bitterlich weine. So alleine mit den Sorgen um Raphaela und mit meinen Existenzängsten fertig zu werden, ist manchmal fast zu viel für mich. Dennoch kam nie wieder Todessehnsucht in mir auf, eher das Gegenteil, Todesängste. Die sind jedoch nicht so stark, dass ich medizinische Hilfe in Betracht ziehen müsste. Sollte ich wirklich nicht mit meiner Situation klarkommen, würde ich ganz sicher Hilfe in Anspruch nehmen. Meine Traurigkeit und negatives Denken sind ja nichts Neues für mich – sobald die wieder aufkommen, lasse ich diese zu und gehe diese Situation durch bis zum Schluss. Bis jetzt funktioniert das recht gut so.

Meine beiden großen Kinder sind für mich eine unheimlich große Stütze. Sie sind einfach großartig! Obwohl ich ihnen so viel zugemutet habe, stehen sie mit bedingungsloser Liebe voll zu mir und sind immer für mich da. Es tut mir ja so leid, dass sie so Schlimmes wegen mir durchmachen mussten, und ich bereue meine Suizidversuche wegen meiner Kinder zutiefst.

Meinen Freunden bin ich auch unheimlich dankbar, also stehe ich doch eigentlich nicht ganz allein da. Und vielleicht lerne ich ja wirklich Mal jemanden kennen, den ich auch lieben kann bzw. dessen Liebe ich annehmen kann. Das lasse ich auf mich zukommen und versuche eine gute Mama für meine Kinder zu sein. – Jedoch immer noch auf der Suche nach glaubwürdigen, verlässlichen Antworten auf meine Fragen nach dem Leben nach dem Tod und dem Sinn des Lebens.

ENDE

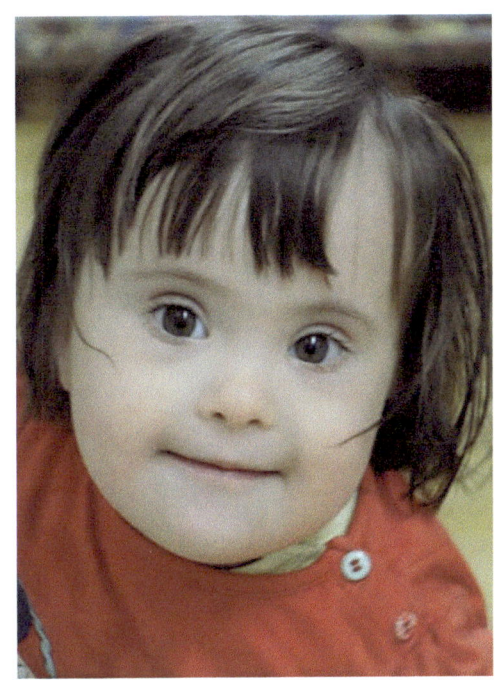

Raphaela 2016
mein Glück, mein Lebensanker

Denn das wirkliche Glück, das weiß ich jetzt, liegt in den einfachen Dingen, die man selbst für alles Geld der Welt nicht kaufen kann. Wir finden es in den gut gemeinten Wahrheiten, an denen wir unsere wirklichen Freunde erkennen, und im verständnisvollen Lächeln über unsere kleinen Schwächen und in den leisen Melodien, die unser Innerstes berühren, und im sanften Kerzenschein, der uns so nachdenklich stimmt, und im Frieden mit uns selbst und in der Wärme unserer Hände.

Zitat aus **DAS STERNENGLÖCKCHEN** von Karel Szesny

EIN BUCH FÜR KINDER UND ERWACHSENE (332 SEITEN)

MIT EINEM MESSINGGLÖCKCHEN ALS LESEZEICHEN

ÜBERALL IM BUCHHANDEL ERHÄLTLICH

AUCH ALS E-BOOK AUF ALLEN PORTALEN

ERSCHIENEN IM